KURZGESCHICHTENTASCHENBUCH #16

eigentlich hätten wir
glücklich
werden können

maringo

Originalausgabe

Cover: Nicolai Köppel unter Verwendung
der *Goodlife*-Schriftenfamilie
von Hannes von Döhren

Druck: point, Brno
www.pointcz.cz/de

Alle Rechte vorbehalten.

ISBN 978-3-9817651-3-7
© 2017

www.maringoverlag.de

INHALT

Volker Schwarz	7	Aufrichtige Anteilnahme
Karin Wiemer	11	Verzichten
Marcus Sauermann	18	Keine Zauberei
Dorothea Böhme	24	Thomas
Rainer Bauck	32	Famous first words
Carolin M. Hafen	43	Pärchenkacke
Ingo Klopfer	51	You'll always walk alone
Rainer Bauck	57	You'll never walk alone
Carolin M. Hafen	63	You'll never walk alone
Nicolai Köppel	66	Granatenhochzeit
Karin Wiemer	78	Verwandlung
Marcus Sauermann	82	Frisch und vollständig
Dorothea Böhme	88	Kommet her zu mir, alle
Volker Schwarz	97	Alle Jahre zuwider
Ingo Klopfer	106	Auf uns
Karin Wiemer	115	Integration für Anfänger
Marcus Sauermann	125	Die dunkle Seite der Homöopathie
Volker Schwarz	131	Eine nicht ferne Zukunft
Ingo Klopfer	141	Suche, denn Du wirst nichts finden (7)
Carolin M. Hafen	155	Der Gute schnarcht

AUFRICHTIGE ANTEILNAHME
VOLKER SCHWARZ

Ich hasse diesen Tag und er hasst mich. Schon am Morgen präsentiert er mir mein Gesicht im Badezimmerspiegel dermaßen zerknautscht, dass ich bei einem Volker-Schwarz-Ähnlichkeitswettbewerb allenfalls den fünften Platz belegen würde. Frühestens am Mittag wird die Schwerkraft meinem Gesichtsfleisch wieder etwas Glättung und Kontur verschafft haben. Ein weiteres schlechtes Omen an diesem mir so verleideten Tag: Meine Frau hat mich nicht mit einem Kuss geweckt und mir auch keinen Espresso, geschweige denn Frühstück ans Bett gebracht.
Sie hat meinen Geburtstag schlichtweg vergessen.
Ich betrachte meinen Ehering, spüre seine zersetzende Macht, wie sie an mir zerrt und eine übermächtige Schwermütigkeit bemächtigt sich meiner.
»Ich muss heute im Bett bleiben«, vermelde ich gekränkt in die Wohnung, wo meine Frau offenbar irgendetwas Wichtigeres zu tun hat, als mir zu huldigen. Dann trotte ich wieder Richtung Bett, aber nicht ohne eine Lunte zu legen: »Fühle mich nicht wohl.«
An dieser Stelle hätte sofort eine liebevolle Nachfrage erschallen müssen, aber diese bleibt aus. Alles bleibt aus. Keine weitere Reaktion ihrerseits.
Also lege in meinen folgenden Satz die Bitterkeit von Aspirin: »Außerdem plagt mich ein ganz arg sehr wehtuendes schlimmes Rundumkopfweh. Womöglich ein Blutgerinnsel!«

»Oh ja«, ruft sie aus – meiner Meinung nach jetzt etwas übertrieben anteilnehmend. »Oder ein Tumor«, ergänzt sie. »Aber vielleicht rühren die Schmerzen ja auch nur von der Tatsache, dass du gestern Abend fünf Gläser Wein gekippt und dann die ganze Nacht mit dem Kopf auf dem Nachttisch geschlafen hast.«
Derartige Kommentare ignoriert man besser.
»Und dazu noch diese Ganzkörperschmerzen«, fische ich erneut nach Empathie. »Könnten Anzeichen für Krebs sein.«
»Den hast du nur im Sternzeichen. Was du verspürst, ist Muskelkater. Warst doch gestern Joggen. Das tut halt weh, wenn man's nur einmal im Jahr praktiziert.«
Kaltherzigkeit und Egoismus haben in diesem Haushalt inzwischen alle Ecken und Winkel ausgefüllt – unsere Katzen üben einen schlechten Einfluss auf meine Frau aus. Ich spüre, wie mich der Ehering mehr und mehr auf die dunkle Seite zieht.
Weil ich gerade am Schlafzimmerspiegel vorbeikomme, entblöße ich meinen Oberkörper und betrachte ihn eingehend, spanne dabei immer wieder die Muskeln an.
Es lässt sich kein Unterschied zwischen angespanntem und gelockertem Zustand feststellen. Die Hardware wird langsam zur Software.
»Für mein Alter habe ich mich ganz gut gehalten«, starte ich einen weiteren Versuch, der Gattin meinen Jubeltag in Erinnerung zu rufen.
»Aber klar doch«, stimmt meine Frau in einem Tonfall zu, den man reflexartig aufbringt, wenn man

plötzlich feststellt, dass man neben einem Sprengstoff-Selbstmordattentäter steht und ihn zu überzeugen versucht, den Auslöser nicht zu drücken.
»Du siehst immer noch verdammt gut aus«, fügt sie euphorisch an – ich erkenne Heuchelei, wenn sie vor mir steht – und ich spüre, dass dies nur die Eröffnung einer strategischen Finte ist. »Die zugelegten Pfunde stehen dir gut ... aber vielleicht solltest du den Hüftring nicht weiter anwachsen lassen, da er sonst bald schon deinen schönen Ledergürtel überdeckt.«
Aha! Ihre Art mir zu sagen, dass ich, sollte mein Leib weiterhin zunehmen, quasi jedes Jahr einen runden Geburtstag feiern kann.
»Und wenn du Stufen nimmst, erzeugt deine Atemlosigkeit immer so ein melodisches Fiepen«, legt sie nach. »Das ist für mich schon zum Ohrwurm geworden. Übrigens, auf dem Esstisch liegt ein interessanter Prospekt über Treppenlifte.«
Wir driften thematisch ab. Mein Ehering vibriert am Finger und empfängt mordlustige Schwingungen.
»Mein Ziel ist es, hundert Jahre alt zu werden«, winke ich mit dem Zaunpfahl, ach was sage ich: mit der Chinesischen Mauer!
Nichts. Null Reaktion. Kein Anflug von Erkenntnis. Sie fiept nur eine Melodie und scheint nebenbei etwas zu verpacken.
Der brennende Streifen rund um meinen Ringfinger wird unerträglich.
In diesem Moment ruft der beste Freund an. Ich lege die Axt weg und nehme den Anruf entgegen.

»Du hast ihn nicht vergessen«, sage ich freudig zum Gesprächsauftakt.
»Wen habe ich nicht vergessen? Ich hoffe, du hast nicht vergessen, dass du mir heute Abend dein Auto leihen wolltest, da meins noch in der Werkstatt ist. Also, was habe ich nicht vergessen?«
»Nicht so wichtig«, sage ich. »Ich muss jetzt wieder auflegen. Unterhaltungen mit alten Menschen deprimieren mich.«
Ich bin nicht eitel. Ich will von meiner Frau nicht bejubelt oder gefeiert werden.
Na gut, ich bin eitel, will von ihr bejubelt und gefeiert werden. Aber heute, der annuellen Erinnerung an meine Sterblichkeit, sollte sie mich nur aufmuntern. Ich versuche erneut, der Frau einen dezenten Hinweis auf meinen Ehrentag, respektive schweren Tag, zu geben, indem ich die philosophische Frage in den Raum stelle, wer von uns wohl einmal als Erster von der Gartenbank kippen wird. Sie überlegt kurz und antwortet sodann: »Wenn einer von uns beiden stirbt, dann mache ich eine Weltreise.«
Ich werde testamentarisch verfügen, dass mein Weib mir als Totengabe ins Grab beigelegt wird.
Die Angelegenheit ist sehr frustrierend. Ich lege mich wieder ins Bett.
Plötzlich rauscht meine Frau ins Schlafzimmer, ein großes Paket mit Schleife in der Hand.
»Alles Gute zum Geburtstag, mein Liebster! Hab's nicht vergessen. Aber bevor du an diesem für dich seit Jahren so schlimmen Tag nicht deine obligato-

rische Krise ausgelebt hast, könntest du dich über meine Gratulation ja gar nicht freuen. Heute Abend kommen dann auch noch einige Freunde vorbei, um dir zu gratulieren. Ich hatte sie dazu verpflichtet, sich dir gegenüber heute Morgen tot oder unwissend zu stellen. Und denk dran: Ab einem gewissen Alter geht allen Männern dieses jährliche Memento Mori an die Nieren. You'll never walk alone!«

VERZICHTEN
KARIN WIEMER

»Was meinst du«, sage ich zu Gerald, »zu einem neuen Leben?«
»Gibt's das bei Aldi oder Lidl?«, fragt Gerald hinter seiner Zeitschrift zurück, »hab die Angebote noch nicht gelesen.«
»Nein«, sage ich, »so einfach ist das nicht.«
»Marktkauf?«, sagt er und schaut jetzt auf, »das ist zu weit, das lohnt sich nicht.«
»Gerald«, sage ich und schaue ihm in die Augen, »hörst du mir überhaupt zu?«
»Natürlich«, entgegnet Gerald, »ich antworte doch die ganze Zeit.«
Verstehen und antworten scheint also gehirnmäßig entkoppelt zu sein, denke ich und sage »ja, das schon« und Gerald sagt »na also« und ich sage etwas lauter »aber du weißt gar nicht, worum es geht«, und

er sagt »weiß ich doch« und ich frage »und worum?« und er sagt mit Betonung »um Angebote von Lidl oder Aldi – oder von Marktkauf« und ich sage »eben nicht« und er sagt »warum sagst du das dann« und ich entgegne scharf »du hast es gehört, aber nicht verstanden« und er sagt lässig »dann musst du dich eben deutlicher ausdrücken« und ich stöhne laut. Und er legt endlich die Zeitung weg.
»Und worum geht es?«, fragt er.
»Ob wir ein neues Leben anfangen sollen«, sage ich langsam.
»Hmmm, tja ...«, er kratzt sich an den Bartstoppeln, du und deine Ideen meint er damit und sagt: »Heißt das, wir sollen Jobs und Wohnung kündigen und mit dem Wohnmobil die nächsten Jahre durch abgelegene Teile der Welt fahren? Falls man da mit dem Wohnmobil überhaupt hinkommt ...«
»Nein, wir können ja auch erst mal im Kleinen etwas verändern ...«, sage ich.
»Kinder?«, fragt er erstaunt.
»Haben wir schon«, sage ich.
»Ach ja«, sagt er. Er schweigt. Und wartet. Ich warte schweigend.
Dann fällt ihm etwas ein: »Du meinst also, ich soll das Klo in der Gästetoilette mal wieder putzen?«, fragt Gerald erleichtert. Kurzfristig erleichtert, denn schließlich würde das auch Arbeit bedeuten.
»Das auch, ja, wenn du das schon ansprichst«, sage ich und nicke mit dem Kopf. Hätten wir das auch mal. »Aber das meine ich nicht.«

»Nicht?«, fragt er, jetzt wieder alarmiert. Er lässt die Zeitschrift erneut sinken, die er gerade wieder aufgenommen hatte. Jetzt habe ich ihn.
»Nein. Wie wäre es mit Konsumverzicht? Ein entmülltes Leben. Alles weg, was man nicht braucht.«
»Nuuun jaa«, sagt Gerald gedehnt. Und ich weiß: Es wird nicht einfach werden. In jedem Fall nicht, klar. Aber in diesem speziellen erst recht nicht.
»Wie stellst du dir das vor?«, fragt er.
»Weiß auch nicht«, entgegne ich wahrheitsgemäß. »Aber es gibt da so Bewegungen weltweit, die das schon vorleben. Die, die ... ‚Teller statt Tonne' zum Beispiel.«
»Aha«, sagt er und klingt noch nicht überzeugt. »Du meinst, wir gehen jetzt auch nicht mehr IN, sondern HINTER die Supermärkte?«
Ich schaue ihn wohl etwas unwillig an.
»Containern, ja ja, ich weiß schon«, fügt er kundig hinzu, um seine alternativ-ökologische Blöße zu bedecken. »Muss man da nicht sehr früh dran sein? Sonst sind bestimmt alle Schnitzel schon weg, und für so ne labbrige Gummigurke steh ich nicht eher auf ...«
»Musst du ja nicht«, sage ich, »da geht man abends nach Ladenschluss hin, wenn alles weggeworfen wird.«
»Ach je«, sagt er, »dann stehe ich bei Rewe nach 22 Uhr draußen in der Kälte, im Winter macht das jetzt aber echt keinen Spaß.«
»Das soll auch keinen Spaß machen«, werfe ich

spontan, aber ideologisch fehlgeleitet und etwas erschrocken ein, daraufhin auch nicht mehr so richtig überzeugt, dafür richtig in Fahrt gekommen, »das ist eine Haltung, ein Widerstand gegen die herrschende Wegwerf-Mentalität, die Verschwendung wertvoller Ressourcen, die Ausbeutung armer Länder durch die industrialisierte Welt, den dekadenten Kapitalismus, den menschenverachtenden Habitus der oberen Millionen auf Kosten der armen Schweine in der Massenmenschhaltung ...«

»Boah«, sagt Gerald mit offenem Mund, »wo hast du das denn her?!«

Das frage ich mich auch, sage aber »das ist Allgemeinwissen«, räuspere mich kurz und füge »jedenfalls in aufgeschlossenen Kreisen« hinzu.

»Also doch kein Allgemeinwissen«, sagt Gerald und grinst.

»Ein spezielles Allgemeinwissen«, sage ich trotzig.

»Speziell und allgemein schließen sich eigentlich aus«, doziert Gerald und mir bleibt nur noch »sei nicht so pingelig« zu erwidern und »du willst doch nur ablenken«.

Als Gerald »wovon ablenken?« fragt, denke ich gerade, wenn er jetzt »wovon ablenken?« fragt, werfe ich ihm ein Brötchen an den Kopf und dann werfe ich ihm ein Brötchen an den Kopf – nein, nur ein halbes, das mit Nutella drauf. Schade drum, aber egal.

»Okay«, sagt Gerald, des Ernstes der Lage nun voll bewusst. »Was sollen wir tun?«

»Etwas Neues muss sich ja entwickeln«, sage ich, et-

was überrumpelt von der Klarheit der Frage ohne klare Antwort. »Man fängt erst mal klein an und dann ...«
»Da waren wir schon – also doch erst das Bad putzen ...?«, fragt Gerald vorsichtig.
»Das ist kein schlechter Anfang«, sage ich, »aber nicht genug. Wir müssen ungenutztes Material in den Ressourcenkreislauf zurückführen.«
»Soll ich mehr Klopapier benutzen?«, fragt Gerald mit großen Augen. »Du solltest mal sehen, was ich auf der Toilette ohnehin schon täglich in den Kreislauf zurückführe, oha, das ist keine Kleinigkeit mehr ...«, und seine Augen leuchten jetzt.
»Nein!«, sage ich schnell.
»Doch!«, sagt er.
»Nein, will ich nicht sehen«, sage ich.
»Ach so«, sagt er ein wenig enttäuscht.
»Ich glaub's dir auch so«, füge ich an, um die aufkommende Aufbruchsstimmung nicht zu trüben.
»Okay«, sagt er dann und kratzt sich den Rest Nutella von den Augenbrauen, »wir bringen ja schon die Flaschen zum Glascontainer, die Korken zum Weinhändler und trennen den Müll ...«
»Aber wir trennen uns nicht von anderen Sachen, da ...«, ich schaue mich um, »das fürchterliche kleine Schränkchen da ...«
»Das ist nicht fürchterlich«, ruft er empört, »das ist ein Erbstück!«
»Das ist quasi das gleiche«, sage ich und verziehe den Mund.

»Anti-Traditionalist«, sagt Gerald, »Anti-Möblierer«, sage ich, »das Stück bleibt da«, sagt Gerald, »dann stell es in dein Zimmer«, sage ich, »ich hab kein Zimmer«, sagt Gerald, »das ist dein Problem«, sage ich, »nein, dein Problem«, sagt Gerald, womit er nicht unrecht hat in der momentanen Situation, »auf deine Verantwortung«, sage ich, »aber schieb deine Depressionen dann nicht auf mich.«

»Grundlegende Veränderungen im Leben sind immer ein Kampf – gegen sich selbst, gegen die Umwelt, gegen innere und äußere Widerstände«, hatte ich doch gelesen. Na bitte, da war jedenfalls was Wahres dran. »Es lohnt sich aber, dagegen anzugehen und sein Ziel weiter zu verfolgen.« Also schön. Auch wenn mir noch nicht klar war, wie das Ziel genau aussah. »Der Weg ist das Ziel.« Weiß man doch. Wir beißen beide erst mal in unsere Nutellabrötchen-Hälften, das Knuspern umhüllt die aufgeladene Stille wie die dicke Panade das Schnitzel. Das wären Geralds Gedanken, das geht so nicht, denke ich, ich muss mich freimachen. Ein Schnitzel ist keine ethisch einwandfreie Grundlage des Denkens.

»Wir könnten doch ...«, hebe ich an, als Gerald eifrig »genau, genau!« ausruft, denn er hat seine Zeitung wieder aufgenommen.

»Hör erst mal zu«, sage ich, da ich kein Brötchen mehr habe zum Werfen.

Er hebt den Kopf, ohne die Zeitung zu senken.

»Wir könnten doch Freunde einladen zu einer ‚Anti-Konsum-Party'«, überlege ich laut. »Und jeder darf einen Gegenstand markieren, der seiner Meinung nach hier überflüssig ist.«

»Aber nicht mein Schränkchen!«, ruft Gerald aus.

»Egal«, sage ich, »was weg kommt, entscheiden wir ja dann.« Und ich merke erstaunlich schnell, wo hier der Fehler liegen könnte ...

»Und jeder bringt etwas mit, das wir dann nicht essen und trinken, sondern hinter Lidl bei den Containern verteilen«, steuert Gerald bei.

»Genau«, sage ich, »das heißt, nein, ich weiß nicht, dann ist es doch keine Party mehr ...«

Und ich frage mich, ob Partys dann überhaupt noch gehen, und ob eine Party ohne Konsum noch eine Party ist, und warum das so sein muss, und dass es eben so ist und sonst keinen Spaß macht. Und Party ohne Spaß ist wie Internet ohne Netz. Irgendwie überflüssig. Und überflüssiger Verzicht ist doch kein echter Verzicht, oder doch, aber immerhin besser als nichts.

Wir seufzen beide ein wenig. Und ich frage mich, warum Verzichten so schwer ist und der Verzicht auf den Verzicht viel leichter fällt, und das, obwohl ich mich nur schwer entscheiden kann, und das dann leider in beide Richtungen gilt.

Ich stehe auf. »Ich gebe mal die Pfandflaschen ab und werfe die leeren Batterien ein«, sage ich resigniert.

»Klasse Idee«, sagt Gerald freudig, »und bring mir ein Schnitzel mit!«

Warum sind Männer im Alltag so genügsam, denke ich neidisch, und draußen in der Welt reißen sie die

Herrschaft an sich. Warum reicht ihnen zuhause eine frische Unterhose als weitreichende Veränderung des Alltags – und draußen in der Welt muss es ein Umsturz sein, zumindest ein neues Auto, Smartphone oder ein neuer Bundestrainer? Vielleicht besser als umgekehrt. Umsturz zuhause, frische Unterhose im Büro – das wär's dann auch nicht. Eventuell bedingt das eine auch das andere. Keine Veränderung mit frischer Unterhose. Vielleicht sind wir Frauen also selbst schuld. Vielleicht erwarten wir einfach zu viel. Oder auch nicht. Aber mir wird klar, das ist ein anderes Thema. Ich seufze. Pfandflaschen und Batterien.
Und Weihnachten ist auch bald wieder. Es gibt so viel zu tun.

KEINE ZAUBEREI
MARCUS SAUERMAN

Es ist schon unglaublich, was man heutzutage für eine Kugel Eis ausgeben muss. Dabei kann man das wirklich gut selber machen. Die Kinder behaupten zwar, dass das von mir selbstgemachte Eis nach billigem eingefrorenen Orangennektar schmecke, aber diesen Eindruck haben sie doch nur (neben dem Umstand, dass es aus günstigem gefrorenen Orangennektar besteht), weil ich nicht so ein Geschiss um das Eis mache wie der überteuerte italienische Eisverkäufer mit seinem: »Buongiorno, bambini. Bellissimo Gelato, bababa...«, als wär Eisherstellung große Zauberei.

Und wo auch eine Entmystifizierung schon lange von Nöten wäre, ist der Bereich der Fußpflege. Von wegen »das darf nur zertifizierten Fachleuten mit Spezialinstrumenten anvertraut werden«, wenn ich bei den alten, verhornten Füßen meiner Mutter vollkommen gratis mit meiner Bohrmaschine und dem Hornbach-Schleifaufsatz im Prinzip gleiche Ergebnisse erziele ... vorausgesetzt ich bin beim nächsten Mal besser auf eventuell anstehende Blut- und Wundwasserstillungen vorbereitet. Das hat ewig gedauert, bis ich die Reste aus allen Ritzen meiner Werkbank wieder raushatte. Nicht schön – besonders nicht, wenn man – wie ich – auf der gleichen Werkbank gerade versucht, ein Parfum zum Hochzeitstag meiner Frau zusammenzumischen.

Das lässt sich übrigens nicht 100%ig weiterempfehlen.

Meine Frau hatte sich »Eternity« von Calvin Klein gewünscht. Da bin ich dann extra nach der Arbeit zu Douglas gegangen, hab mir »Eternity« von so einer wichtigtuerischen Verkäuferin mit falschen Wimpern heraussuchen lassen und hab mir kurz die Inhaltsstoffe auf der Rückseite abgeschrieben.

»Come in and schreib auf«.

Das besteht ja in der Hauptsache aus Alkohol und destilliertem Wasser. Hat man ja sowieso zu Hause.

Dann noch ein paar Duftzusätze. Keine Zauberei sowas. Dafür brauchste nicht aus'm Haus.
Und von mir hat meine Frau auch nicht so ein albernes kleines Flakönchen bekommen, nein, von mir gab's einen Fünf-Liter-Kanister!
Nix Calvin Klein. Calvin Riesengroß. So ein Kanister hält eine Ewigkeit. Das nenn ich »Eternity«.
Kam aber nicht so gut an, wie ich dachte. Lag vielleicht daran, dass ich mich im genauen Tag versehen hatte (gut, und auch in der genauen Woche) und lag vielleicht auch daran, dass ich als Zerstäuber den Aufsatz ihrer geliebten Blumenspritze verwendet hatte, weswegen ich wohl auch noch die dreckigen Gartenschuhe in der frisch gewischten Wohnung anhatte... es war halt eine ungünstige Verkettung von misslichen Umständen. Da half es dann auch nichts mehr, ihr eine ordentliche Kostprobe vorzusprühen.
Die Stimmung war im Keller.
Da schlaf ich seitdem auch. Na ja, immerhin erspart mir das ein teures Hotel.
Bevor ich wieder ins eheliche Schlafzimmer einziehen darf, verlangt sie eine Paartherapie.
Nun gut, von mir aus. Hab ich ergoogelt: Kann man leicht selber machen!
Das ist im Kern nichts anderes, als über verschiedene Gesprächstechniken »sich in den anderen hineinversetzen«. Keine Zauberei. Dafür brauchste nicht aus'm Haus.
Hab alles in meiner Werkstatt vorbereitet. Zwei Stühle im Winkel von 90° aufgestellt. Die Wände

gebärmutterfarben gestrichen. Licht 'n bisschen runtergedimmt... Wobei ... das hat nicht 100%ig geklappt. Ich hab da Neonröhren in der Werkstatt und die fangen bei dem neu eingebauten Dimmer von Hornbach an zu flackern. Egal, muss man mal 'n Auge zudrücken. Jedenfalls saßen wir dann da im anregenden Geflacker der heimelig gedimmten Neonröhre und jeder hat mal versucht, die Perspektive des anderen einzunehmen.

Sie durfte auch anfangen. Hat versucht, sich in mich hineinzuversetzen, hat sich vorgestellt, wie ich das ja alles wahrscheinlich nur gut gemeint habe, wie ich versucht habe, ihr eine Freude zu machen mit dem selbstgebastelten Parfum, in das ich ja auch Arbeit und Know-how gesteckt und mich dann gefreut habe auf ihre Reaktion, während sie dann nur die dreckigen Gartenschuhe gesehen habe, den falschen Termin, das falsche Parfum und den falschen Mann. Das mit dem »falschen Mann« ist wohl eine Art Witz und zeugt von ihrem schlechten Humor. Egal, muss man auch mal 'n Auge zudrücken - wie bei den Neonröhren.

Denn ansonsten war das ja für den Anfang im Großen und Ganzen durchaus ein Schritt in Richtung gegenseitigem Verständnis. Da merkt man wieder mal, dass Frauen durchaus in so zwischenmenschlichen Sachen Übung haben. Das ist eben der Vorteil, wenn man über'n Tag den Kopf nicht so voll hat mit technischen, politischen oder gesellschaftlichen Überlegungen.

Nun war ich an der Reihe, mich in sie hineinzuversetzen. Ich war jetzt als Mann nicht so in der Übung wie sie, aber Zauberei ist das natürlich nicht. Muss man ein bisschen seine Phantasie anstrengen und einfach mal anfangen:
»Ich bin also jetzt die Frau«, stieg ich ein, »und ich hab den Termin vom Hochzeitstag wohl klarer auf dem Schirm als mein Mann, weil ich natürlich auch nicht so viel um die Ohren habe wie der, wo er sich den ganzen Tag um alles kümmert und versucht, das Geld beisammen zu halten, der Arme. Ich dagegen hab nur ein paar wenige, leichte Aufgaben: Wasch- und Spülmaschine anstellen, die mein Mann so schlau vom Schrottplatz organisiert hat, den Boden ein bisschen wischen, den mein Mann selber verlegt hat... ein bisschen telefonieren und mit meinen Freundinnen über so zwischenmenschliches Zeugs quatschen, über Männer lästern, dann bin ich müde vom vielen Quatschen, mach Mittagsschlaf, träume von Einhörnern, hör dem Rauschen des Windes zu, spiel ein bisschen an meinen Nippeln, bis die hart werden... so komm ich ganz gut über den Nachmittag... tja, und dann ist mir auch schon langweilig. Wie das so ist als Frau. Da bin ich dann schon neidisch auf meinen Mann. Dem fällt immer was ein, was er tun könnte. Der kann ja auch alles. Das ist so ungerecht.
Der Neid frisst mich regelrecht auf. Ich könnte platzen... vor Neid. Wie werd' ich bloß all diese giftigen Gefühle wieder los? Ach, gäb's da doch nur einen An-

lass, irgendeinen Grund zum Meckern. Der macht mir das auch nicht einfach. Er ist immer so perfekt. Ah, da fällt mir ja wieder ein: Er hat den Hochzeitstag vergessen! Ja richtig! Das ist ein toller Grund. Gut, dass wir Frauen unseren Kopf für so Terminzeug frei haben. Das gibt ein schönes Donnerwetter. Na, warte!
Ah, da kommt er ja auch schon die Tür herein! Jetzt kriegt er was zu hören. Mist, was hat er denn dabei? Ein Riesengeschenk. Dieser Halunke. Wohin jetzt bloß mit meiner Wut? Wenn das so weitergeht, platze ich noch. Ha! Seine Schuhe sind dreckig! Gott, sei Dank! Jetzt kann's losgehen! Meckerprogramm hochfahren, grimmigen Blick aufsetzen, Mundwinkel auf unterster Stufe einrasten lassen, Stimmbänder auf Quengelfrequenz vorglühen und Start!«
So hatte ich mich also ganz wunderbar in sie eingedacht, war so richtig schön in Empathiefahrt, als plötzlich die Neonröhren komplett versagten und es stockdunkel wurde. Ich tastete mich zur Halogen-Notleuchte vor, stellte sie an, schaute mich um. Meine Frau war weg.
Ich nehme an, es hat ihr einfach zu viel Angst gemacht, wie durchschaubar sie für mich ist, wie gut ich mich in ihren intimsten Gedankengebäuden auskenne. Das muss unheimlich auf einen anderen wirken, ein bisschen wie schwarze Magie.
Für mich keine große Sache. Muss man sich nur mal auf was einlassen.

Meine Frau ist bis heute nicht mehr aufgetaucht. Schon seltsam, aber... auch nichts, weswegen man aus'm Haus müsste. Ich hab ja noch Reste von Silicon und der Gebärmutterfarbe. Wär doch gelacht, wenn sich daraus nicht eine neue Frau basteln ließe. Alles keine Zauberei.

THOMAS
DOROTHEA BÖHME

Männer, ne?
Da brauch ich gar nichts weiter zu sagen, da können wir alle ein Lied von singen.
Ich bin sooo froh, dass ich meine beste Freundin habe. Beste Freundinnen, ja, die helfen dir in allen Lebenslagen, in Krisen, bei Liebeskummer, wenn man einen Ikea-Kleiderschrank aufbauen muss. Immer dann, wenn Männer nur blöd rumstehen. Oder dir das Blaue vom Himmel versprechen! Und kaum hast du das Messer weggelegt, ist alles wieder vergessen und sie machen mit dem gleichen Mist weiter.
Und dann jammern die immer so! Ich hab 'nen Schnupfen, ich glaub, ich sterbe, ich bin mit dem Hammer ausgerutscht, ich glaub, ich sterbe, sag mal, Schatz, wieso schmeckt das Essen so komisch, oh Gott, mir wird schlecht, ich glaub, ich sterbe.
Außerdem nehmen die immer alles so genau: Mein Nachname ist Meier, M-E-I-E-R. Nicht B-Ö-H-M-E.

Ach ja, und wieso darf mein Nachname nicht an deiner Wohnungstür stehen? Nur, weil ich noch nicht hier wohne? Darf etwa keiner wissen, dass wir zusammen sind oder was?

Und so furchtbar pingelig sind die auch immer! Thomas hat wegen einer zerkratzten DVD mit mir Schluss gemacht. Das muss man sich mal vorstellen. Wer hat heutzutage überhaupt noch DVDs? Thomas. Thomas hat DVDs. Nicht zehn, nicht zwanzig, nein, sage und schreibe zweihundertachtunddreißig. In einem riesigen Wohnzimmerregal alphabetisch sortiert. Alphabetisch! Nach dem Namen des Kameramanns.

Ja, klar, jeder hat seine kleinen Ticks und Angewohnheiten, aber 238 DVDs und mich schief angucken, weil ich Todesanzeigen sammle? Echt, Thomas ... So gesehen kann ich eigentlich froh sein, dass ich den Loser los bin. Da finde ich schon einen Besseren. Einen, der mich nicht betrügt.

Jaaaaa, das hab ich nämlich rausgekriegt. Und deshalb auch die DVD zerkratzt, wobei das jetzt wieder so rachsüchtig klingt, dabei war das echt keine Absicht und nur ein ganz blöder Unfall.

Aber ich erzähl mal von vorn.

Ich hab mit Nina einen Mädelsabend gemacht. Nina ist meine beste Freundin seit der Grundschule, und sie kennt alle meine Ex-Freunde. Männer, ja, die kommen und gehen, bei ihr, bei mir. Aber Nina und ich ... das bleibt. Nina kann ich einfach voll und ganz vertrauen. Immer.

Wir sitzen also in der Bar, wollen nachher noch tanzen gehen, und ich denk mir so, na, kannst dem Thomas ja mal was Nettes schreiben. Der macht sich sicher Sorgen, zwei so hübsche Mädels allein unterwegs und die ganzen anderen Männer und so. Schreib ich also: »Hey Schatz, Grüße aus der Cantina, denk an dich, Kuss-Smiley mit Herz.«
So. Und was kommt zurück?
»Viel Spaß.«
….
Ja. Genauso hab ich auch geguckt.
Will der mich verarschen? Viel Spaß? Kein Kuss-Smiley mit Herz, keine Herzchenaugen, nicht mal ein Kuss-Smiley ohne Herz?
Ich also Nina die Nachricht gezeigt.
Und Nina auch sofort: »Was geht mit dem?«
Aber ich weiß schon, was mit dem geht. Der hat 'ne andere. Sonst würde der sich doch Sorgen machen. Sonst würde der mir doch Herzchen schicken.
Thomas hat eine rothaarige Kollegin, mit der er immer Mittagessen geht. In letzter Zeit muss er auch verdächtig oft länger arbeiten.
Nina sagt, das macht Sinn. Aber bevor wir uns weitere Schritte überlegen, sollten wir uns schon ganz sicher sein, dass das stimmt.
Ich schreib ihm also: »Was machst du heute?«
»Männerabend. Bier-Emoji«
Jaaaaa, Männerabend. Genau die Antwort, die man gibt, wenn man gerade mit einer rothaarigen Kollegin im Bett liegt.

Ich weiß jetzt also Bescheid.
Aber was tun?
»Schlaf mit seinem besten Freund«, sagt Nina.
Georg wohnt im Keller seiner Eltern, isst unglaublich viele Zwiebeln und duscht eher selten.
Gut, ich mein, die Liebe ist kein Ponyhof, und im Krieg muss man auch Opfer bringen. Aber irgendwie ist diese Sache mit Georg nicht so richtig ... befriedigend.
Meine Rachegedanken sind auch nicht weniger geworden.
Ich will Thomas konfrontieren, ihm seine verlogene Masche mal so richtig vorhalten. Drei Monate Schatz hier, Schatz da, und auf einmal kriegt die Rothaarige seine Kuss-Smileys. Nicht mit mir, Freundchen!
Dafür wär's natürlich am besten, ihn in flagranti zu erwischen. Drama liegt mir zwar eigentlich überhaupt nicht, ich bin eine total ausgeglichene und harmonische Frau, aber wenn man so dazu gezwungen wird, was bleibt mir übrig?
Nach einer Woche, in der ich kaum zum Schlafen komme, muss ich die Nonstop-Überwachung aufgeben. Jeder Arzt würde mich beim Anblick meiner Augenringe zwar krankschreiben, aber als Freiberuflerin nützt mir das nicht viel.
Wie gut, dass ich Amazon Prime-Kundin bin. Da kriege ich die Spionage-Kamera ohne Versandkosten. Man kann sie in einer Deckenlampe befestigen, wobei ich mir nicht ganz sicher bin, ob ich das Schlafzimmer mit dem Doppelbett oder das Wohn-

zimmer mit der Couch überwachen will. Oder wer weiß, bei so einer leidenschaftlichen Affäre fallen die vielleicht schon im Flur übereinander her … ? Ich bestell einfach drei. Sechzig Euro muss einem seine Beziehung schon wert sein.

Die Frage ist nur, wie bringe ich die Dinger unauffällig in Thomas' Wohnung an? Der Mann hält den Weltrekord im Kurzduschen, und so lange wach bleiben, bis er eingeschlafen ist, wird in meinem übernächtigten Zustand erst einmal nicht klappen.

Es bleiben mir nicht viele Möglichkeiten. Ich breche also ein.

Nina besorgt mir von ihrer Schwester ein Stemmeisen, mit dem ich die Tür aufhebeln kann, als Thomas bei der Arbeit ist. Dann reiße ich ein paar Kleidungsstücke aus den Schränken, nehme das MacBook mit und 100 Euro aus der Küchenschublade – da hab ich die Ausgaben für die Kameras wieder drin. Im Wohnzimmer werfe ich ein paar Bücher auf den Boden, die Couchkissen dazu. Es sieht alles super echt aus. Nicht mal der beste Polizist der Welt wird auf die Idee kommen, die Deckenlampen auf versteckte Kameras zu untersuchen.

Zwei Wochen gebe ich der Wahrheit, um ans Licht zu kommen.

Aber es passiert nichts. Rein gar nichts. Ich sitze daheim auf meinem Sofa, schau übers Handy in Thomas' Wohnung, und was sehe ich? Thomas beim DVD-Gucken. Thomas beim DVD-Sortieren. Thomas beim DVD-Putzen.

Vielleicht betrügt er mich nicht mit einer Frau, sondern geht mit seinen DVDs ins Bett?
Zwei Wochen tue ich mir dieses trostlose Schauspiel an, dann sehe ich ein, dass er entweder zu schlau für mich ist oder mich tatsächlich nicht betrügt.
Jetzt muss ich die Kameras nur wieder ausbauen, bevor er irgendwann doch noch eine der Energiesparleuchten austauschen muss.
Ein weiterer Einbruch würde verdächtig wirken, deshalb hab ich mir was super Cleveres ausgedacht: Ich stell mich in den Flur und rufe laut, dass ich ein Baby weinen gehört hab. Aus Thomas' Wohnung. Und dass niemand die Tür aufmacht. Dann hol ich die Feuerwehr, die brechen die Tür auf, alles ganz legal, und ich bin mit den Kameras längst weg, bevor Thomas von der Arbeit zurück ist.
Ich hab keine Minute im Treppenhaus was von »Hilfe! Ein Baby« geschrien, da kommen schon die ersten Nachbarn. Als ich von dem weinenden Baby in der verlassenen Wohnung erzähle, sagt doch eine Alte glatt: »Oh, ja, da schauen wir sofort nach, ich hab einen Zweitschlüssel.«
Ach.
Einen Zweitschlüssel. Die olle Schabracke.
Aber als ich Thomas nach einem Schlüssel gefragt hab, hieß es, wir wären noch nicht so weit. Ein Zweitschlüssel bedeutet mir viel, Dorothea. Ein Zweitschlüssel ist ein Bekenntnis und eine Verpflichtung, Dorothea. Ein Zweitschlüssel kommt direkt vor dem Heiratsantrag, Dorothea.

Ich hoffe, du wirst glücklich mit der Oma in ihrem rosa Bademantel und den Lockenwicklern, du Lügner und Betrüger und DVD-Sortierer!
Ich reiß der Alten den Schlüssel aus der Hand und schlag ihr die Tür vor der Nase zu. Ha. Wollen wir doch mal sehen, wer ab jetzt einen Zweitschlüssel hat!
Während die im Treppenhaus Zeter und Mordio schreit und die anderen Nachbarn aufstachelt, hol ich die Kameras aus den Deckenlampen, zuerst die im Flur, dann im Schlafzimmer. Gerade, als ich im Wohnzimmer auf der kleinen Trittleiter stehe, geht die Tür auf einmal auf – hat die Rothaarige etwa auch einen Zweitschlüssel? Gibt's noch mehr Frauen in Thomas' Leben? – aber nein, das ist Thomas selber und vor Schreck fall ich beinahe von der Leiter und such Halt am Regal, und da … ja, da fällt dann die DVD raus, also die Hülle, und springt auf, und die DVD selbst fliegt auf den Parkettboden und unter den Fuß der Leiter, auf der ich ja noch stehe oder besser gesagt wackele, und deshalb bewegt sich der noch und schrammt einmal über die DVD und ….
Thomas schmeißt mich raus.
Muss man sich mal vorstellen.
Wegen einer zerkratzten DVD.
Wie pingelig kann man eigentlich sein? Aber war vielleicht nur eine Ausrede, weil er einen Grund gesucht hat, mich gegen die Rothaarige auszutauschen. Denn hab ich ihren Flur und ihr Wohnzimmer überwacht? Oder die Toiletten auf der Arbeit?

Trotzdem ... ein bisschen ein schlechtes Gewissen habe ich schon.
Und weil ich ja auch echt kein Fan von Drama bin und so harmoniesüchtig und auch mal Größe zeigen kann, ruf ich ihn also an, um mich zu entschuldigen.
Da geht der Kerl nicht ans Telefon.
Achtundvierzig Mal.
Der hat doch was mit der Rothaarigen. Die Schlampe kann was erleben.
Ich ruf die also auf der Arbeit an und mach sie zur Schnecke. Was ihr einfällt, mir meinen Mann auszuspannen, und ob sie glaubt, mit ihrer billigen Aufmachung einen Kerl länger als nur für ein paar schnelle Nummern halten zu können.
Ja, und da wären wir dann wieder bei einem meiner ersten Punkte von vorhin. Männer! Immer nur am Jammern!
Thomas ruft mich nämlich zurück. Und dann heißt es du Wahnsinnige und einstweilige Verfügung und 200 Meter Abstand.
Da muss ich sagen, reicht es mir jetzt aber auch mal. Ich mach ja viel mit, bin echt gutmütig, aber Thomas, ich bin nicht dein Fußabtreter. So brauchst du nicht mit mir umzugehen. Nicht wegen einer zerkratzen DVD, die guckt doch sowieso niemand mehr!
Aber da zeigt sich, dass mein Hobby doch deutlich sinnvoller ist als seins. Eine Todesanzeige von Thomas Meier, Datum vom 30.5.2008, findet sich nämlich in meiner Sammlung, und die kann ich ihm auch aus 200 Meter Entfernung mit der Post schicken.

Und sein Auto zerkratzen bereitet mir richtig viel Genugtuung.

Nina hilft mir, sie hat sich von ihrer Schwester einen Baseballschläger geliehen und drischt auf die Windschutzscheibe ein, und da sieht man mal wieder, wenn Männer total versagen, auf beste Freundinnen ist Verlass.

Und apropos. Ninas neuer Freund, ne? Hat ihr gerade eine Nachricht geschrieben: »Hi!«

Hi.

Die Trennung ist wohl nicht mehr aufzuhalten.

Ich kauf schon mal Eiscreme für sie und Juckpulver für ihn. Wozu hat man schließlich eine beste Freundin?

FAMOUS FIRST WORDS
RAINER BAUCK

Nach den ersten drei Nummern brauche ich 'ne Pause. Besonders die dritte hatte es in sich. Ich sage nur: Marilyn ... Marilyn Manson. »The beautiful people«. Die Nummer schiebt, würde mein seliger Freund Dieter sagen.

Ich suche mir ein freies Fleckchen Wand zum Anlehnen. Viel Platz ist hier nicht. Dieser Kellerraum, neudeutsch Floor genannt, besteht nur aus ein paar Dutzend Quadratmetern Tanzfläche plus DJ-Kanzel.

Ich lande zwischen dem Subwoofer und einem Typen, den ich schon lange vom Sehen kenne. Seinen Namen weiß ich nicht, für mich heißt er Pumuckl, weil er so rotblonde, strubbelige Haare hat. Eine richtige Frohnatur ist der, ich habe ihn noch nie anders als breit grinsend erlebt. Neben Pumuckl lehnt ein weiterer Stammgast, so ein gegelter Schönling, an dem Abend für Abend irgendwann irgendeine Frau kleben bleibt, mit der er dann Arm in Arm verschwindet.

Noch ein Stück weiter stehen zwei andere alte Unbekannte. Die beiden sind von der Geschmackspolizei. Sie haben sieben Euro Eintritt gezahlt, um stundenlang an der Musikauswahl herummäkeln zu können. Was immer die blendende Blonde in der DJ-Kanzel auflegt, das Nörgler-Duo schüttelt angewidert die Köpfe. Als nun ‚Smells like teen spirit' anläuft, beugt sich der eine zum Ohr des anderen und verkündet brüllend die geschmacksrichterliche Höchststrafe: »Jetzt wird sie kommerziell!«

Meiner prächtigen Laune können die beiden Geschmackssheriffs nichts anhaben, die Endorphine purzeln nach den ersten drei Durchgängen rhythmischen Austobens schon ganz munter. Und während des Subwoofers Schallwellen mir angenehm die Eingeweide massieren, komme ich auch so langsam wieder zu Atem.

Mittlerweile herrscht ein Gedränge auf der Tanzfläche, das ein prima Desensibilisierungstraining für Klaustrophobiker abgäbe. Stickig ist es hier drin, allerdings riecht es nicht nach teen spirit, sondern eher nach senior special strong. Kein Wunder, dies ist schließlich eine Tanzveranstaltung für Erwachsene, die, so wirbt der Veranstalter, entspannt und ohne Teenie-Alarm feiern wollen.

Dass sich Menschen jenseits der 30 sehr wohl schwer pubertär benehmen können, das kann man gleich nebenan erleben, auf dem sogenannten Mainfloor. Da posen gnadenlose Gute Laune-Demonstranten zu aktuellem Radiogedudel und stemmen dabei mühelos das Paradoxon, gleichzeitig cool und aufgekratzt zu sein.

Hier, im Reservat für massive Gitarrenklänge der Jahre Grunge ff. ist die Musik deftiger, das Versagen der Deos akuter, sind die Absätze flacher, die Make-ups dezenter, die geschulterten Handtaschen seltener. Und es ist weniger männlicher Abschleppdienst unterwegs.

Der ganze Laden ist vom Veranstalter offiziell zur Flirt-Area erklärt worden, aber mir fiele es nicht im Traum ein, mich nach Frauen umzuschauen. Mir steht der Sinn bloß nach einem entspannten Tanzabend.

Außerhalb des Stromgitarrenparadieses hätte ich gegen die vielen Statussymbol-Inhaber eh kaum Chancen. Ich hab keine dicke Brieftasche, keine Protzkarre, kein Haus, bloß 33 qm bewohnbares Bücherregal. Müsste erstmal die Frau finden, die dahinschmilzt, wenn ich ihr meinen ganzen Stolz zeige:

»Guck doch mal: der Gebhardt, der komplette

Gebhardt. Gebhardt? Ja, DER Gebhardt! Handbuch der deutschen Geschichte, dtv Wissenschaft, alle 22 Bände. Hier, Band 6, mein Liebling, der absolute Kracher: Schisma und Konzilszeit, Reichsreform und Habsburgs Aufstieg.«
Entscheidender aber ist: Nach Frauen schauen wäre in Sachen Entspannung absolut kontraproduktiv, denn dann müsste ich mir ja den Kopf über das Ob und Wie des Ansprechens zerbrechen, falls mir eine Frau auffällt ... so wie die Brünette mit der seltsam asymmetrischen Frisur, die da direkt vor meiner Nase ansehnlich tanzt. Sehr ansehnlich sogar, ganz ohne aufdringliches Rundungsgewackle, aber mit dem richtigen Gespür für den Groove und mit bemerkenswerter Leichtigkeit in den Fußgelenken. Also, wenn ich mich nach Frauen umschauen würde, nach der würde ich mich umschauen.
Gleich daneben tanzt eine Rothaarige, die ist ein echter Weggucker. 'Ne tolle Figur hat die, dazu Klamotten an, die diese Figur nicht leugnen, aber sie tanzt, als hätte sie 'ne Überdosis Tranquilizer zum Abendbrot gehabt, ihre Bewegungen dürften allenfalls unter dem Mikroskop nachweisbar sein.
Hinten im Eck ist nun doch der Abschleppdienst tätig geworden. Da hat so ein Schrank eine seiner Pranken unter das Shirt einer zierlichen Südländerin geschoben. Hm, ja, okay, so ein bisschen Körperkontakt, der hat doch seinen Reiz, wenn meine Erinnerung mich nicht gänzlich täuscht.
Sage mal, wieso muss sich ausgerechnet jetzt so ein

fieser Sehnsuchtsgedanke einschleichen? Ich habe meinen Testosteron-Akku doch extra runtergefahren! Und obendrein eigentlich gar kein Problem mit meinem Dasein als Großstadt-Single.

Klar, ich möchte nicht für den Rest meines Lebens jeden zweiten Toast kalt essen, aber ich verspüre keinerlei Lust, die Gefährtinnensuche auf Teufelin komm raus zu forcieren und mich in die Hände der organisierten Partnerschafts-Beschaffungskriminalität zu begeben. Vorläufig setze ich noch auf den zwielichtigen Zwerg Zufall.

Inzwischen ist hinten im Eck die zweite Schrank-Pranke unter dem Shirt der zierlichen Südländerin verschwunden. Das nenne ich sinnvolle Handarbeit … und merke, dass ich besser schleunigst auf die Sehnsuchtsbremse treten sollte. Meine blühende Phantasie schlägt dementsprechend vor, dass da gar kein Vorspiel läuft, sondern eine behördlich angeordnete Leibesvisitation. Schließlich hieß der Laden hier bis vor Kurzem Club Zollamt und möglicherweise werde ich gerade bloß Zeuge, wie ein gewissenhafter Zollinspektor eine kolumbianische Drogenkurierin durchsucht. Und dass sie ihn jetzt küsst, ist ganz einfach ein eiskalter Bestechungsversuch der durchtriebenen Drogenbraut.

Okay, das überzeugt nicht zu hundert Prozent, ich gucke sicherheitshalber woanders hin.

Und lande mit den Augen wo? Beim Blickfang mit der asymmetrischen Frisur vor meiner Nase. Die tanzt wirklich bemerkenswert … was für einen

Swing die in den Fußgelenken hat ... das ist die hohe Kunst des rhythmischen Schwebens.

Also ... wie wäre es denn, wenn ich mit der asymmetrischen Schwebefee in Kontakt treten wollte, also nur mal ganz theoretisch, ich hab da nichts Konkretes im Sinn, wie gesagt, ich will einen stressfreien Tanzabend, mehr nicht. Aber nur mal angenommen ... wie stellt man das an mit dem Ansprechen?

Genau das hat mich kürzlich mein Freund Ingo gefragt. Wie spricht man eine Frau an? Als wir uns diese Frage das erste Mal gestellt haben, da hieß der Bundeskanzler noch Helmut Schmidt. Mehr als 35 Jahre später sind wir immer noch nicht schlauer in Sachen famous first words.

Weil Ingo mal wieder so hauptberuflich geschieden aus der Wäsche geguckt hat, habe ich mir schließlich einen Rat aus den Rippen geschnitten. »Ganz einfach«, sagte ich zu ihm und tat schon mit dieser Einleitungsfloskel der spröden Schönen namens Wahrheit finstre Gewalt an, »ganz einfach, wenn dir eine Frau gefällt, dann lächelst du sie an, und wenn sie zurücklächelt, dann hast du freie Bahn.«

Womit ich Ingo vor ein schwer lösbares Problem stellte: Für ihn als Kind der Punk- und New Wave-Ära ist Lächeln fast so schlimm wie sich die Pulsadern aufschneiden. Jedenfalls hab ich ihm noch versichert, dass ich mit dieser Methode noch nie einen Korb bekommen habe – allerdings verschwiegen, dass ich sie auch noch nicht selbst ausprobiert habe. Wenn ich jetzt also mit der asymmetrischen Schwebefee anbandeln wollte, was ich jetzt, Stand 23.52 Uhr, ja immer noch nicht wirklich vorhabe, dann müsste ich selber 'ne Lächel-Premiere hinlegen.

Gar nicht auszudenken, was passieren würde, wenn sie zurücklächelte. Logische Folge wäre gemäß der Theorie, die ich Ingo untergejubelt habe, dass ich sie tatsächlich anspreche. Wie soll das gehen? Ich hatte in der Schule in Small Talk durchweg 'ne vier minus. Stand mündlich immer glatt sechs und hab's dann jedes Mal schriftlich noch ganz knapp umgebogen.

Welches Thema könnte ich denn überhaupt anschneiden? Wetter? Handyempfang hier unten? Sich über die Musik beschweren? Geht nicht, die blendende Blonde in der Kanzel hat ein feines Händchen. Ich mache mich nicht gemein mit den Geschmackscops, die nie einen Fuß krumm machen. DJ-Bashing ist nur was für Nichttänzer und andere Querulanten.

Aber Augenblick mal, was sollen diese fragwürdigen Flirtphantasien? Und warum kann ich meine Blicke beim besten Willen nicht vom rhythmischen Schweben der Asymmetrischen lösen?

»Closer« von Nine Inch Nails rettet mich. Die Nummer kann ich einfach nicht auslassen. Sicherheitshalber entferne ich mich ein ganzes Stück von meiner Schwebefee. Habe stattdessen den grinsenden, wild hüpfenden Pumuckl vor der Nase, was für ein Kontrastprogramm. Und der gegelte Schönling springt hier auch rum. Noch klebt kein Weib an ihm, aber es ist bloß eine Frage der Zeit, bis ihm eine auf den Leim geht. Wahrlich nicht meine Sorge, ich lasse

mich vom schweren Groove tragen, singe mit, das lenkt ab.
Doch was ist das? Plötzlich ist die Asymmetrische neben mir, muss irgendwie rübergeschwebt sein. Und sie lächelt, ja, ganz eindeutig, sie lächelt mich an. Und was mache ich? Bin so baff, dass ich nicht schnell genug den Mitsing-Modus abschalten kann – und ihr den Refrain ins Gesicht gröle:
»I wanna fuck you like an animal.«
Klar, was jetzt kommt: Ihr Lächeln wird einfrieren und ich muss mir statt Belanglosem über das Wetter irgendeine plausible Apologie aus dem Hirn wringen. Dass der Text nicht wortwörtlich, sondern metaphorisch zu verstehen sei und dass es gerade auch im Tierreich viele zärtliche und phantasievolle Spielarten der Liebe gäbe, etwas in der Art.
Aber nichts passiert, sie lächelt weiter, und auch ich kriege sowas wie ein Lächeln hin, glaube ich. Das ist sie, die Verheißung des Glücks, ganz unverhofft, und sie ist Realität … drei Sekunden lang. Dann springt uns der grinsende Pumuckl in die Quere.
Doch ich bin nicht umsonst wegen meines ausladenden Tanzstils gefürchtet, und was fahrlässig schon oft geklappt hat, das muss jetzt mal vorsätzlich funktionieren: Eine halbe Drehung, eine Art Ausfallsprung, meine eigene Kreation, schon lande ich mit vollem Körpergewicht wie unabsichtlich auf Pumuckls Turnschuh. Volltreffer. Pumuckl sucht humpelnd das Nahe, einen Lehnplatz an der Wand. Und ich habe wieder freie Sicht auf meine Schwebefee. Die

lächelt tatsächlich immer noch – aber jetzt hat sie dabei die Augen geschlossen. Moment mal, das heißt im Klartext: Sie ist entzückt und entrückt durch die Musik und die Bewegung, nicht durch mich.
Heimgesucht von einem Schwall Desillusion shuffle ich ein paar Schritte fort. Sehe Pumuckl mit schmerzverzerrtem Gesicht an der Wand lehnen. Bei ihm kann ich wenigstens sicher sein, dass er mich meint, als er mit der flachen Hand Wischbewegungen vor seinem Gesicht vollführt. Irgendwie hat er ja Recht, also gehe ich zu ihm hin und brülle ihm eine Entschuldigung ins Ohr. Schon grinst er wieder, macht eine Trinkbewegung und verlässt den Floor.
Und was mache ich jetzt? Tanzen, was sonst! Meine Schwebefee hat sich nämlich auch verkrümelt, hoffentlich bloß frische Luft schnappen. Inzwischen läuft ‚Sober' von Tool. Ich tobe los, um auf andere Gedanken zu kommen, um mir die Schwebefee abzuschminken.
Tanzen mag sie ja ganz apart, mault es da auch schon munter in mir drauflos, aber wer garantiert mir denn, das auch was Apartes rauskommt, wenn sie den Mund aufmacht? Wenn wir über Bücher reden, ich sage: Harry Rowohlt, sie: Harry Potter. Oder möglicherweise ist sie gerade unsterblich, aber dusseligerweise auch unglücklich verliebt und sooooo froh, dass ihr endlich jemand zuhört, dann habe ich einen nachtfüllenden Job im betreuten Ausheulen. Solche Frauen docken regelmäßig bei mir an, so als ahnten sie, dass ich mal niedersächsischer Meister in

Karitativem Zuhören war. Andererseits: Wer so inspiriert tanzt, der kein kann uninspirierter Mensch sein. Okay, steile These, da müsste man mal das Cannstatter Institut für Empirische Sozialmutmaßungen mit 'nem Kasten Bier dazu überreden, die zu verifizieren. Aber hier heute Nacht müsste ich das ganz allein rauskriegen.

Irgendwas läuft gerade mächtig schief. Die Musik ist gut, durchgängig richtig gut, aber statt einfach freudig die Gebeine auszuschütteln, zermartere ich mir das Hirn über bahnbrechende erste Worte.

Es gibt nur eine Lösung: Ich gehe jetzt sofort da raus in diesen Innenhof, diese zentrale Flirtkampfzone, werde der Schwebefee direkt ins Gesicht lächeln und sie fragen ... ob sie die Musik auch so scheiße findet. Und wenn sie dann nicht zurücklächelt, mir stattdessen mit einem bloßen Stirnrunzeln einen kolossalen Korb flicht, dann habe ich wenigstens meine Ruhe wieder. Also los!

Oder besser doch nicht?

Ich überlege »Toxicity« von System of a Down lang hin und her, dann presche ich hinaus.

Entdecke meine Schwebefee in einem hinteren Winkel bei den Liegestühlen – und nein, sie lächelt mich nicht an. Sie kann mich auch gar nicht anlächeln, weil man niemanden anlächeln kann, wenn man gerade jemand anderem die Zunge in den Hals steckt. So wie die Schwebefee ihre Zunge gerade in Pumuckls Hals. Oder umgekehrt, so genau kann ich das nicht erkennen.

Okay, auch gut. Überhaupt kein Problem. Kann ich wenigstens in Ruhe tanzen gehen. Wobei mir der Sinn gerade ausnahmsweise nach gepflegtem Pogo steht.

Auf dem Gang passiere ich den Schönling. An dem kleben mittlerweile zwei Frauen, in jedem Arm eine. Herzlichen Glückwunsch und toi toi toi für den flotten Dreier, denke ich. Ich brauche jetzt nur noch flotte Weisen.

Dann bin ich wieder daheim im Stromgitarrenparadies, es läuft ‚Bitter End' von Placebo. Doch kaum lege ich los, kaum komme ich ins Rotieren, da tippt mir jemand auf die Schulter. Ich drehe mich um, vor mir steht die Rothaarige, die mit dem Tranquilizer-Tanzstil. Sie winkt mein Ohr zu ihrem Mund herab und schreit:

»Die Musik ist total super heute, oder?«

Das nenne ich doch mal einen gelungenen Anfang.

PÄRCHENKACKE
CAROLIN M. HAFEN

Single sein ist scheiße. In einer Beziehung zu stecken ist auch irgendwie kacke. Ich hab beides ausprobiert. Ich weiß, wovon ich rede.

Als ich ein Teenager war, saßen wir Mädchen abends gerne kichernd in meinem Zimmer und versuchten uns an Telefonsex, während Mutti und Pappi nebenan den Tatort guckten. Ich habe das jetzt nicht extra recherchiert, ob das heute noch so ist, aber damals mussten die Frauen nichts zahlen, die Nummer war kostenfrei. Die Männer waren, kaum verbunden, nach wenigen Minuten pleite. Uns erschien das ganz logisch, es wurde pro Minute abgerechnet, und was Geld kostet, darf nicht lange dauern. Alles über zehn Minuten ist zu teuer. Wir hatten keine Ahnung von Jungs und Sex und wie lange was zu dauern hatte, wir lachten viel, es traute sich aber Keine, explizit nachzufragen. Unausgesprochen wussten wir, Jungs können nicht lange (was auch immer) und es hatte irgendwie mit Geld zu tun. Am nächsten Tag gingen wir zur Schule, erzählten von den Typen, die so komisch nuschelten und wissen wollten, was wir anhatten. Das schien bei Telefonsex unheimlich wichtig zu sein.

Ich ging, als ich 15 war, mit einem Jungen namens Bernd Harald Bodmüller, ja, die arme Sau hieß wirklich so. Ich glaube, ich habe mich damals blöder angestellt, als es unbedingt nötig gewesen wäre. Also nicht beim Telefonsex, sondern ganz allgemein beim Daten. Ich kann beim besten Willen nicht mehr sagen, wer uns Mädchen eingetrichtert hat, dass der Mann das Eis, die Kinokarte oder den Hamburger zu bezahlen hat. Das war so allgemein gültig, dass Jungs die Zeit der Mädchen kaufen mussten, und ich verstieß jedes Mal gegen die Regeln, wenn ich meinen Schülergeldbeutel mit dem Klettverschluss zückte und ein paar Münzen auf den Tisch legte, um meine Cola selber zu bezahlen. Es mag am Telefonsex gelegen haben, dass ich glaubte, wenn er zahlt, ist das Date nach zehn Minuten um, weil er sich nicht mehr leisten kann.

Er dachte wohl, wenn er nicht zahlt, dann geh ich nach zehn Minuten heim, weil er sich nicht an die Regeln hält, und insgesamt verbrachten wir viel Zeit damit, den anderen anzustarren beim Versuch, Gedanken zu lesen. Wir schafften es nicht. Die Pubertät ist wie die o. B.-Werbung. Eine Geschichte voller Missverständnisse.

Und heute? Da gibt es Tinder und Co.. Internetdating ist ja wie russisches Roulette. Es kann zwei, drei Mal hohl klicken und man geht anschließend etwas erschrocken nach Hause, erleichtert, dass es einen nicht getroffen hat und das Leben bleibt, wie es war. Doch dann gerätst du beim vierten Versuch an einen, der wirklich knallt und du musst durchs Toilettenfenster der Kneipe abhauen.

Es wurde dann etwas einfacher, als ich wusste, was ich eigentlich wollte nach all den unausgesprochenen, unsinnigen Dating-Regeln; Es galt also, einen Mann zu finden, der mit seinen Worten an Stellen kommt, die er mit seinem Penis nicht erreicht. Der weibliche G-Punkt. Das Gehirn. Da kommt Mann nicht sofort drauf.

Mein letztes Date ist ziemlich lange her, die Freundinnen motzen immer, dass ich nicht mehr mitreden darf, weil ich ja keine Ahnung hätte vom heutigen Markt. Und es stimmt. Was weiß ich von Tinder? Von diesen Zewa-wisch-und-weg-Beziehungen. Von Datensammlungen à la Facebook, die uns weismachen, jemanden zu kennen, aber vom Verstehen, wie jemand tickt, kann keine Rede sein.

Der Typ vor dem Guten, es ist ewig her, hieß Thomas. Wir waren zusammen einen Kaffee trinken, es war ein nettes Nachmittags-Date. Ich hätte mich ja auf ein zweites eingelassen, aber aus dem Mann, Anfang 40, wurde nach diesem ersten Treffen ein pubertärer Schuljunge. Maximal 13. Morgens um 7 Uhr schrieb er die erste Nachricht. Danach, im fünf-Minuten-Takt, weitere bis abends um 23 Uhr. Er fragte mich nach Fotos. Videos wären noch besser. Damit wir uns richtig verstehen: von mir. Nackelig. Ihm wär langweilig, sagte er. Er sei bei der Arbeit, ob ich nicht g'schwind auf die Toilette gehen und ein Foto von meinen Nubbsies machen könnte. Er schrieb wirklich »Nubbsies«. Es könnte sein, dass ich mich blöder angestellt habe, als unbedingt nötig wäre. Aber auch hier verstehe ich die Regeln nicht.

Pragmatisch wie ich bin, denke ich: »Bubi, das Internet besteht zu 99,9% aus Porno. Für jeden ist was dabei. Wieso muss ich dieser umfassenden Sammlung meine beiden Nuppsies hinzufügen?« Verstehen Sie mich nicht falsch, meine Nubbsies sind schon ansehnlich. In natura. Aber für den reinen Zeitvertreib braucht der Kerl mich doch nicht. Ich schickte also keine Fotos.
Und er schrieb als Antwort auf meine Ignoranz: »Ich will endlich etwas Erwachsenes von dir lesen.«
Ich musste lachen. Bei dem Stichwort denke ich nicht an Sex, sondern an meine Steuererklärung. Ich schickte ihm also selbige. Danach war Funkstille. Diese Geschichte hat keine Pointe.
Inzwischen bin ich liiert und es ist auch nicht alles rosig. Da können wir ruhig mal offen drüber reden.
Es gibt da dieses Pärchen in meinem Umfeld. Das ist ja auch so ein ungeschriebenes Gesetz: Als Paar muss man sich mit anderen Paaren treffen, weil die Singles die Pärchenkacke nicht aushalten, und umgekehrt die Paare den traurigen, traurigen Anblick der Singles nicht ertragen können und deshalb ihr Adressbuch rauf und runter scrollen auf der Suche nach einem passenden Kandidaten. Wobei »passend« relativ ist. Männlein und Weiblein ergibt in vielen Frauenköpfen automatisch ein Paar, und wenn es dann doch nicht passt, sind ganz klar die Ansprüche zu hoch. Aber ich schweife ab.
Also, ich nenne keine Namen. Karin und Jens führen einen Decken-Krieg. Das läuft so ab:

Abends, er legt sich aufs Sofa und deckt sich zu, guckt ins Feuer ... äh, er guckt fern.
Stunden später. Sie ist schon lang schlafen gegangen. Er schleppt seinen müden Körper ins Schlafzimmer. Sie wacht natürlich auf und schaut nach, ob er die Decke im Wohnzimmer auch brav zusammengelegt hat. Natürlich hat er das nicht. Sie fängt an zu zetern. Mitten in der Nacht. Wichser. Drecksau. Arschloch. Das ganze Programm.
Er schimpft: »Ich bin müde, was soll das, warum kann die verdammte Decke da nicht einfach liegen, es ist finstere Nacht, du siehst das doch eh nicht.«
Sie:»Du liebst mich nicht, nie machst du, was ich sage, alles, was ich will, ist dir unwichtig.«
Er dann:»Doch, doch. Aber wohl ist mir das wichtig.« Und er gähnt.
Er geht und legt die Decke zusammen, an ihren Platz.
Sie gehen schlafen.
»Ich liebe dich, Hasenzahn.«
»Ich dich auch, Schnurzelpurzel.«
Licht aus.
Ich war da zu Besuch: Das machen die jeden Abend. Es mag an mir liegen, an den verfickten Regeln. Wenn's nach mir ginge, ich würde sagen: »Liebelein, ich liebe dich, du mich. Juhu. Das ist die Grundlage unserer Beziehung. Das gilt jetzt so lange, bis ich widerrufe. Dann verhandeln wir neu.« Wenn ich sie dann doch mal sage, diese drei Worte, murrt der Gute: »Weiß ich doch. Du musst mir das nicht alle paar Jahre sagen.« Deshalb passt das mit uns. Künst-

lich streiten, um sich künstlich seine Liebe an den Kopf zu knallen, ist mir suspekt. Wie so vieles andere auch.
Der Gute und ich machen solche Sachen ja anders. Zum Beispiel: Wir laufen durch die Fußgängerzone und kommen an einer Eisdiele vorbei. Aufgeregt wie ein kleines Kind schaut er mich an, tippt seine Fingerspitzen gegeneinander und will mein Einverständnis, um hinzugehen, weil alleine Eis essen doof ist.
Er fragt: »Ein Eischen, Liebelein?«
Ich verziehe das Gesicht und sage: »Ich möchte keins, ich muss auf meine Linie achten.« Frauen sagen sowas, ich hab keine Ahnung, um welche Linie es geht. Koks. Satz des Pythagoras. Irgend sowas. Er geht dann los, kauft vier Kugeln im Becher, von denen ich ihm zwei wegfuttere, und er tut so, als würde er es nicht bemerken. Das ist in meinen Augen Liebe und kommt dem Gedankenlesen verdammt nah. Es ist sogar egal, wer das blöde Eis bezahlt.
Aber. Es gibt ja immer ein Aber. Der Gute, das sieht man ihm nicht gleich an, weil er so einen Hipster-Bart und langes, wallendes Haar hat, spielt in einem Orchester. Beim Wort Orchester denkt man ja gleich an Klassik und Anspruch und Menschen, die Oboe spielen können. Der Gute spielt Ziehharmonika. Stellen sie sich einen Hipster mit so einem Ungetüm vor. Und dann mich, wie ich in irgendeiner Dorfkaschemme hocke und an einer lauwarmen Cola mümmle, aus der schon alle Kohlensäure entfleucht

ist, noch bevor sie auf den Tisch gestellt wurde. Ich warte darauf, dass die Herren zu voll sind, um noch geradeaus zu spielen, um meinen Guten endlich nach Hause fahren zu dürfen. Das ist nicht schön. Alles hat eine Kehrseite.

Schließen Sie Ihre Augen. Stellen Sie sich das Langweiligste vor, das Ihnen einfällt. Hansi Hinterseer beim Haare kämmen oder was immer Sie möchten. Und dann fügen Sie dem Szenario noch den 85. Geburtstag ihrer Tante Irmtraud hinzu, den alle anderen Verwandten natürlich vergessen haben. Sie sitzen an der Kaffeetafel, es ist drei Uhr dreiundzwanzig, sie hören die Uhr ticken, sie läuft rückwärts. All ihre Freunde sind im Urlaub. Keiner da, der sie retten könnte. Der Akku vom Handy ist leer, und Tante Irmtraud redet über Strickmuster. Wenn Sie sich das vorstellen können, dann haben Sie ungefähr eine Ahnung von meinen Sonntagnachmittagen beim Seniorentanz in der Gemeindehalle, begleitet vom Akkordeon-Orchester von Ebersbach-Aulendorf.

Und weil das noch nicht reicht, haben wir ein Karnickel namens Nepomuk. Mit dem müssen wir regelmäßig zu Ausstellungen vom Kleintierzüchterverein. Es gilt dann, das prächtigste Karnickel der Umgebung zu krönen. Da sitze ich dann auch mittendrin, Tante Irmtraud füttert mich mit ihrem Russischen Zupfkuchen, um aus mir eine runde, glückliche Frau zu machen, und fragt mich den Nachmittag über mindestens vier Mal, wann wir endlich heiraten wollen, der Gute und ich, und führt dabei an, dass selbst die beiden Schwulen im Dorf, Olaf und Dietrich, verheiratet wären, so wie sich das gehört. »Nur du nicht!«, schimpft sie. Und dann bin ich dankbar, dass ich so viel Kuchen im Mund habe, dass ich nicht antworten kann.

Ich bin ja meistens Pazifist und mindestens vier Tage die Woche Vegetarier. Und Hasenfleisch schmeckt mir gar nicht. Aber es gibt Sonntage, da stehe ich im Garten und versuche, das Karnickel tot zu starren, weil der Gute seine Plakette poliert und das Gewinnerband mit so einem verklärten Gesichtsausdruck streichelt. Ich kriege diesen Ausdruck ja nur selten zu sehen, aber das ist wieder eine ganz andere Pärchenkacke.

YOU'LL ALWAYS WALK ALONE
INGO KLOPFER

»Okay«, sagt sie und ich höre das Bedauern in ihrer Stimme: »Ok, dann gehe ich jetzt.«
Ich schaue ihr hinterher. Aber nicht wirklich, denn sie geht ja noch gar nicht. Sie packt noch ganz zögerlich ihre Sachen zusammen.
»Hast du mir noch ein Tempo?«, fragt sie. Ich muss lange nachdenken, wo ich die habe.
»Ich glaube irgendwo im Bad«, sage ich und versuche, nicht ärgerlich zu klingen. Verdammt, sie weiß, wo das Bad ist ... aber klar werde ich gehen und ihr so ein verfluchtes Tempotaschentuch bringen.
»Danke«, ruft sie mir noch hinterher.
»Geh mit Gott, aber geh!«, denke ich, denn was einmal ausgesprochen ist, sollte man auch in unserem Alter tun. Hat man so wie wir, mal rein statistisch errechnet, wahrscheinlich schon etwas mehr als die Hälfte des Lebens hinter sich, sollte man nicht so viel Zeit mit Zögern verbringen. Und ich spreche hier ja nicht vom Zenit des Lebens. Körperlich gesehen ist der schon so lange her, dass man bereits jedes Recht darauf verloren hat. Soweit ich weiß, liegt der so zwischen dem 18. und 22. Lebensjahr. Was habe ich da meine Zeit vertrödelt!
Ich quälte mich durch Abitur und meinen Zivildienst. Mein Kopf und Gang war hormongesteuert, die Hand hatte ich meist unter der Decke oder in der Hose und Papiertaschentücher waren deswegen

immer zur Hand. Ich quälte mich in Gedanken an junge Mädchen. Später dann nicht nur in Gedanken, sondern auch in echt – ich sie und sie mich –, das taten wir ausgiebig und in hochdramatischen Wiederholungsschleifen. Verschliefen allein oder zu zweit sicherlich die Hälfte des Tages und waren uns unseres gegenwärtigen Zenits nie bewusst.
Und wenn ich dann schon mal über meine Zukunft nachdachte, dann dachte ich an die Jahrtausendwende, an das Jahr 2000 und wusste, da werde ich 35 Jahre alt sein (so was ließ sich ja irgendwie leicht ausrechnen), und dachte: »Scheiße, da ist dann sowieso alles vorbei und ich bin erwachsen, bin wahrscheinlich verheiratet mit einer Frau, könnte ständig Sex haben. Habe aber keinen mehr!«
Über einen Beruf habe ich damals noch nicht nachgedacht. Sex haben oder über Sex nachdenken oder onanieren war kein Beruf, dass wusste sogar ich damals schon, also schrieb ich Gedichte und Liedtexte darüber. Da entstanden damals so legendäre Refrains wie: »Ich bin Doris / die kleine Doris / und ich finde nicht meine Klitoris«, oder » Oh, Hermine mein Herzensleid / was trägst du unterm Jutekleid?« und das A cappella-Stück: »All i need is something like an impotence / no erection, my cock never stands.«
Und heute, 17 Jahre nach der Jahrtausendwende, die ich tatsächlich damals noch verheiratet überstanden habe (und ich versuche mich daran zu erinnern ob ich in der Nacht Sex hatte – aber ich glaube nicht) schreibe ich immer noch Texte über Liebe, Sex und

Onanie. Wow, klingt so, als wäre das von Anfang an geplant gewesen, wenn ich jetzt so darüber nachdenke.

Inzwischen bin ich im Badezimmer und habe sogar diese faltbare IKEA Aufbewahrungsbox für diese namenhaften Papiertaschentücher gefunden ... aber sie ist leer. Wie lange schon? Keine Ahnung. Schließlich haben wir gerade Sommer und klar, da ist Schnupfen selten, außer man hat Heuschnupfen und wozu noch? Dazu fällt mir nur der Song der NDW-Band *Ideal* aus den 80ern ein: »Es ist heiß, kein Schatten weit und breit, die Cola kocht, in der glühend heißen Sonne liegen sie narkotisiert, am Rand der Wüste: jeder denkt das eine – doch dazu ist`s zu heiß ... Sex, Sex in der Wüste!«

Scheiße, ich muss unbedingt eine Großpackung kaufen und wieder anfangen. Ich meine, wie alt bin ich denn und wie lange ist das her? Was, verdammt nochmal ist aus meinem ganz privaten Sexleben geworden?

»Sorry«, rufe ich nach unten, »die Tempos sind leer!« Ich höre, wie sie schnieft und demonstrativ die Nase hochzieht. Du wolltest doch gehen, denke ich. Mach es dir und mir nicht so schwer!

»Ich glaube, in der Küche ist noch eine Rolle Zewa«, rufe ich nach unten.

Zewa gab es damals auch schon. Das war aber immer schon so ein bisschen härter und mit weniger Papierlagen als die guten Tempotaschentücher. Das war, wie wenn man sich ab und zu mal mit der linken

Hand einen runterholte. Ist gut fürs Gehirn so was. Manche Sachen, die man immer nur mit der rechten Hand tut, auch mal links zu tun ... dauert eine Weile, bis man das hinbekommt, aber dann geht das auch irgendwie. Ist ein bisschen ruppiger ... aber manchmal tut so was ja ganz gut. So ein bisschen Schmerz beim Spaß haben. Kennen wir ja alle ... man ist da ja heute viel spielfreudiger – oder gelangweilter. Was weiß ich? Aber wenn das dann noch gut fürs Gehirn ist!
»Wo ist das Zewa?«, höre ich sie nach oben rufen.
»Oh Mann«, denke ich: »Augen auf, Mädel.«
Wenn manche Menschen nicht gerade darüber stolpern, sehen sie einfach nichts, und irgendwie sind solche Fragen schon beinahe provokativ.
»Muss irgendwo in der Küche sein ... müsste ich auch suchen!«, rufe ich etwas genervt nach unten.
»Ich habe schon überall geschaut ... Es ist nicht in der Halterung, nicht auf der Ablage, nicht auf dem Esstisch ... ich find es einfach nicht!«, quengelt sie.
»Schau doch mal in den Kühlschrank!«, will ich ihr zurufen. Was soll denn das Ganze? Sie wollte doch eigentlich gehen ... jetzt ist sie noch immer da. Zögert alles noch mal heraus. Was will sie denn? Noch mal Sex. So 'ne kleine Abschiedsnummer? Vielleicht sollte ich mir noch schnell die Zähne putzen, wenn ich schon mal im Bad bin. Wir hatten ja jetzt schon seit einigen Tagen keinen Sex mehr ... ob das an der Hitze lag? Und selbst an Sex verblassen ja die Erinnerungen im Alter. Warum also neue Erinnerungen

künstlich herbeiführen, wenn man die sowie so bald wieder vergisst. Klar, man weiß nie vorher, welche Erinnerung bleibt. Aber es sind nicht immer nur die Guten. An mein erstes Mal kann ich mich noch erinnern. Auch wenn das nicht der beste Sex in meinem Leben war. Wann und mit wem hatte ich denn den besten Sex in meinem Leben? Da müsste ich mal länger drüber nachdenken. Ist gar nicht so einfach.

Ohne mir die Zähne zu putzen, verlasse ich das Bad und gehe nach unten in die Küche.

Dort steht sie demonstrativ im Weg. Als ich sie anfassen will, um sie auf die Seite zu schieben, damit ich ein freies Blickfeld habe, weicht sie erschrocken zurück.

So, tut man das nicht, wenn man noch mal Sex haben will, sage ich mir. Gut, dass ich mir die Zeit mit dem Zähneputzen erspart habe. Für'n Arsch! Denke ich. Zewa ist also auch keines mehr da ... und das mit dem links Onanieren und dem Training meiner rechten Gehirnhälfte kann ich mir also für heute auch voll abschminken. Ich gehe in die Toilette und rolle ein bisschen politisch korrektes Klopapier ab. Das dreilagig recycelte von »DANKE«. Das mit dem Blauen Engel. Das ist ja auch so ein bisschen härter und weniger sanft in der Arschritze als das extra flauschige vierlagige von Hakle. Aber so tut man was für die Umwelt und was fürs gute Gewissen.

Vielleicht sollte ich, wenn sie dann endlich mal gegangen ist, doch noch mit guten Gewissen und der Umwelt und meiner rechten Gehirnhälfte zuliebe ...

»Danke«, sagt sie und wischt sich die Nase ab. Und ich sehe ihr an, wie das leicht gräuliche Papier unter der Nase auf der feinen Haut reibt und für einen kurzen Moment die Stelle leicht rot werden lässt. Unangenehm so was.
Sie schaut mich noch mal traurig an.
Ich schaue ihr kurz in die Augen, dann auf den Boden. Ich weiß, gleich wird sie draußen sein und dann ist sie weg. Und ich bin allein. Und sie ist allein. Kein, »You'll never walk alone«. Das Leben ist eben kein Fußballstadion.
»Also dann«, sagt sie, »ich geh jetzt!«
»Ja,«, sage ich und sie hört mein Zögern und schaut doch noch mal auf. Und ich denke noch mal nach. Ganz tief in mich hinein ... suche nach Zweifeln, nach Alternativen, ob dieser meiner endgültigen Entscheidung.
»Ach bring, mir doch lieber ein Weißes- und ein Vollkornbrötchen mit und kein Laugenwecken! Okay? Danke!«
»Du blöder Arsch! Das musste jetzt noch sein, oder?«, sagt sie und schmeißt die Tür hinter sich zu.
Mist, irgendwie bekomme ich keine anständige Beziehung mehr hin und 'nen zivilen Abgang wohl noch viel weniger.
Irgendwie verstehe ich die Frauen nicht. Sie hatte doch in ihrem Profil geschrieben, dass sie schwarzen Humor mag, und der Paarungscomputer spuckte da sofort eine Übereinstimmung bei uns beiden aus. Das ist irgendwie alles nix in diesen Zeiten.

Ich schreibe auf meine Einkaufsliste: Tempos und ZEWA. Sollte man immer im Haus haben. Darauf ist immer Verlass – wenn man mal wieder alleine ist und von vorne anfängt!

YOU'LL NEVER WALK ALONE
RAINER BAUCK

Auf Gerry ist Verlass. Was immer ich ihm auftrage, er erledigt es rasch, akkurat und - das schätze ich besonders - geräuscharm. Auch diesmal ist kurz nach seinem Eingreifen nicht viel mehr als ein leises Blubbern zu hören, und selbst das dürfte gleich vorbei sein. Nur noch ein paar Sekunden, so lehrt die Erfahrung, dann ist es wieder still.

Natürlich nicht geräuschlos still, es ist die behutsam tönende Stille des Waldes, die uns umfängt. Eine harmonische Klangwelt, in der es kein hysterisches Hupen gibt, keinen berserkenden Presslufthammer, keine lebenden Lautsprecher, bloß das Zwitschern der Vöglein und das leise Knicken und Knacken im Unterholz, verursacht von anderen emsigen Waldbewohnern.

Mich treibt beileibe kein Einordnungsfimmel ins Grüne, ich bin weder Baumbestimmer noch Vogelerkenner. Habe nicht die geringste Ahnung, was da um mich herum sprießt, grünt und blüht, zwitschert, zwatschert und zwutschert. Ich komme hierher, um die Augen zu schließen, die Besonnenheit des Waldes einzuatmen und zu genießen, wie ruhig und friedlich es hier ist.

»Wie ruhig und friedlich es hier ist! Horch doch mal, Harald, man hört fast nix. Harald? Harald! Du horchst ja gar nicht!«

»Ich kann nicht mehr, Inge. Hör mir auf mit ruhig und friedlich, ich krieg keine Luft mehr!«

Warum muss das so sein? Warum müssen Menschen, die wenig, bisweilen gar nichts zu sagen haben, es umso lauter tun? Und warum wird man von diesen Kakophonikern selbst auf jenen entlegenen Pfaden heimgesucht, die man ganz für sich allein zu haben vermeint?

Notgedrungen öffne ich die Lider – und muss feststellen, dass Inge und Harald auch fürs Auge eine Zumutung sind. Inge leuchtet lila, der japsende Harald, wenige Meter dahinter, türkis. Ergraut und gebräunt sind sie beide. Inge ist offenkundig besser in Form, sie hackt ihre nordischen Wanderstöcke erbarmungslos in den unschuldigen Waldboden und hat obendrein noch Luft, Harald energisch zum Horchen aufzufordern. Fast hat sie meine Bank erreicht. Der hechelnde Harald in ihrem Schlepptau ist meine Chance, will mir scheinen.

Ich warte, bis Inge mich passiert hat und schmeichle dann in Haralds Flanke: »Wenn Ihnen nach einer Rast zumute sein sollte, dann folgen Sie einfach diesem kleinen Trampelpfad gleich rechts. Sie werden ein kleines Gasthaus finden, in dem Ihnen das Wasser im Munde zusammenlaufen wird!«

Sehr freundlich kommen mir diese Worte über die Lippen - und sie verfehlen ihre Wirkung nicht.

»Prima Idee!«, keucht Harald. »Jetzt wart doch mal einen Moment, Inge!«

»Meinetwegen können wir da kurz anhalten und eine Brause trinken«, konzediert Inge, während sie auf der Stelle tritt und den halben Quadratmeter Boden unter sich mit den Stöcken perforiert. »Aber dann geht's gleich weiter. Vielleicht hast Du danach ja ein bisschen mehr Sinn für diese herrliche Ruhe hier!«

Die beiden folgen meinem Wink mit dem Trampelpfad. Das Stockhacken entfernt sich.

Ich sage leise: »Gerry, walte deines Amtes!«

Und Gerry waltet flink seines Amtes.

Ich halte mir kurz die Ohren zu.

Dann kehren Gerry und mit ihm die Waldesstille zurück. Ich strecke die Arme auf dem oberen Holm der Sitzbank aus und schließe die Augen. Das intensive Grün des mannigfaltigen Blattwerks dringt durch meine Lider und erzeugt spinatfarbene Blitze darunter. Das Schönste aber ist: Ich höre bloß noch leis-lieblichen Balzgesang, dazu das sanfte Rauschen der Blätter.

Aber was beleidigt da mein Ohr? Ein niederträchtiges Sirren und Flirren wird immer lauter und gemeiner, kommt zu schnell zu nah, radaut dann aber doch nicht an mir vorbei, sondern endet in einem bestialischen Bremsgeräusch.

»Sorry«, sagt jemand so laut, als müsse er ein Baumsägen-Massaker übertönen. »Könnte ich mal kurz Ihr Handy benutzen ... nur so GPS-mäßig. Mein verfluchter Drecks-Akku ist alle.«

Ich öffne das rechte Auge, mein schwächeres. Erkenne trotzdem, dass sich vor mir ein muskelbepacktes Männchen über den Lenker eines dickreifigen, grellgelben Fahrrades beugt. Es steckt in einem hautengen, roten Trikot, von Ohr zu Ohr biegt sich eine verspiegelte Sonnenbrille.

»Ich fürchte, ich muss Sie enttäuschen, ich besitze nämlich kein Mobilfernsprecher«, antworte ich, öffne mein Schokoladenauge, das linke, und greife in die Innentasche meines Jacketts. »Aber ich kann Ihnen gern mit einer frankierten Postkarte aushelfen!"

Der Radler legt daraufhin den Kopf in den Nacken.

»Fuck!« brüllt er und erschreckt damit zwei kopulierende Eichhörnchen so sehr, dass sie reißaus auf den nächsten Baum nehmen. »Hier muss irgendwo so ein beschissener Felsen mit einer scheißabgefahrenen Aussicht sein. Ich will da heute unbedingt noch hin!«

»Da kann ich Ihnen helfen, Sportsfreund!«, erwidere ich. »Folgen Sie einfach diesem Trampelpfad hier rechts, an dessen Ende wartet ein Ausblick, den Sie zeitlebens nicht mehr vergessen werden!«

»Verdammten Dank auch!«

Der Radler tippt sich mit zwei Fingern an den Fahr-

radhelm. Sekunden später legt er sich schon in die Rechtskurve. Ich wende mich an Gerry: »Worauf wartest Du noch?«
Und Gerry wartet nicht länger.
Wieder folgt das unvermeidliche Quantum Lärm. Zu den üblichen Überraschungs- und Verzweiflungslauten gesellt sich diesmal ein Klatschgeräusch: das ist nun mal so bei Mountainbikern.
Gerry schaut zufrieden drein, als er zurückkehrt. Er ist noch geräuschempfindlicher als ich. Zum Augenschließen komme ich diesmal nicht, denn eine pastellene ältere Dame nähert sich. Ihre federleichten Schritte sind kaum hörbar. Sie schaut mich freundlich an und zeigt auf Gerry.
»Ist das ein Labrador?« Ich nicke.
»Ein ordentliches Kraftpaket«, stellt die ältere Dame fest.
»Wohl wahr«, bestätige ich. »Aber ich habe ihm beigebracht, seine Kräfte sinnvoll einzusetzen. Eigentlich ist er ein freundlicher Geselle.«
Als Antwort bekomme ich ein verschmitztes Lächeln. »Sicher ein umwerfendes Tier!«
Ahnt sie etwas? Es wäre mir unlieb, einer so netten älteren Dame jene Notwehr angedeihen lassen zu müssen, die ich eigentlich nur gegen Lärmfrevler anwende. Andererseits: Kann ich eine Mitwisserin dulden?
»Sagen Sie mal, junger Mann, es soll in der Nähe einen kleinen, feinen Naturlehrpfad geben. Kennen Sie sich hier aus?«

»Aber natürlich!«, entgegne ich. »Sehen Sie den Trampelpfad dort vorn rechts? Den sollten Sie auf jeden Fall ... meiden. Die Zweite rechts, das ist dann der Naturlehrpfad.«

»Vielen Dank auch«, strahlt die ältere Dame. Dann macht sie sich auf leisen, flinken Sohlen auf den Weg. Leider muss ich nun auch aufbrechen. Neuerdings arbeite ich als Nachtpförtner in der hiesigen Ohrenklinik, da ist anderer Leute Feierabend mein Start in den Arbeitstag.

»Komm Gerry, schauen wir nach dem Rechten!«

Seit an Seite biegen wir in den ersten Trampelpfad rechts ein und legen jene hundert Meter zurück, die man bedenkenlos gehen kann. Dann bleiben wir stehen.

Es ist schon ein liebgewonnenes Ritual, dass ich zuerst das Schild aufrichte, das ich Stunden zuvor seitlich ins Gestrüpp gekippt habe.

Achtung Sumpfgebiet! Niemals allein begehen! Lebensgefahr!

Ich staune immer wieder, dass ausgerechnet die sperrigen Fahrräder jedes Mal vollständig versinken, während die neumodischen Nordischen Wanderstöcke oft manches Mal noch rausragen. Da muss man dann mit einem langen Ast nachstochern.

Doch was ist das? Da guckt noch eine Hand aus dem Sumpf. Das muss die Joggerin sein, die vorhin so laut und falsch das Geplärr aus ihren Ohrstöpseln mitgesungen hat. An ihrem Pulsmesser lässt sich ablesen, dass die Frequenz zwar nahe, aber noch ungleich

null ist. Das sieht ein bisschen makaber aus, wie sich diese Hand verzweifelt dem nahen, Rettung verheißenden Ufer entgegenreckt. Aber nur einen Moment lang, dann taucht Gerry sie mit der Pfote unter.
Wie gesagt, auf Gerry ist Verlass.

YOU'LL NEVER WALK ALONE
CAROLIN M. HAFEN

Wenn sich circa dreißig erwachsene Menschen in sehr knappen, aber gepolsterten Hosen, hautengen Trikots und Sonnencreme auf der Nase treffen, dann nennt man so ein Ereignis »Radtreff«. Ich bin, konditionstechnisch, in der Gruppe von Jürgen und Regina gelandet, einem verheirateten Paar, das schon zweiundzwanzig Jahre auf dem Buckel hat. Ehetechnisch. Wenn man die Ehe mit einer lebenslänglichen Haftstrafe vergleicht, wären beide inzwischen wegen guter Führung entlassen worden.
Er radelt, richtungsweisend, ganz vorne, während sie die Nachhut bildet und so verhindert, dass einer verloren geht unterwegs. Falls doch einer schwächelt oder Jürgen ein zu strammes Tempo vorgibt, brüllt sie von hinten: »Wenn ich ein Mal klingle, fährst du langsamer!«

Er antwortet dann, eloquent wie es nur Männer können: »Wenn ich zwei Mal klingle, leckst du mich am Arsch.«
Verheiratet zu sein muss echt toll sein.
Der Rest der Gruppe strampelt, meist schweigend, zwischen den Parteien. Je nachdem, ob die Route ansteigt oder abfällt, rückt ein Ehegesponst näher an uns heran. Das sieht für Außenstehende dann so aus, als würde sich ein Schäferhund unter seine Herde mischen, um einen Plausch abzuhalten. Die Autofahrer hupen uns immer begeistert an, wenn drei Radler nebeneinander herfahren, um einer Jürgen-Regina-Geschichte zu lauschen.
Ein Beispiel: Jürgen beschwert sich in Hanglage darüber, dass er kein Nudelsieb beim Kochen benutzen darf. Regina meint, dass müsse nach Gebrauch gespült werden und sei grundsätzlich unnütz. Ein richtiger Mann kann Nudelwasser abgießen ohne Hilfsmittel, sagt Regina. Diese Definition eines richtigen Mannes kannte ich bisher noch nicht und schlage ihm vor, einen Tennisschläger zu benutzen. Unterstreicht sicher seine Männlichkeit. Hat bei Steffi Graf auch funktioniert.
Man stelle sich die zwei mal diskutierend im Bett vor.
Hui.
Bergab erfahre ich dann von Regina, dass Jürgen beim Crêpes backen zuerst den Schinken und dann den Käse auf den Teig wirft. Sakrileg! Sie meint, jeder Vollidiot würde wissen, dass man das anders herum macht. Auf meinen Einwand (ja, ich bin ein

Klugscheißer!), dass mit Jürgens Methode aber der Schinken nicht trocken werden würde, schaut mich Regina so böse an, dass ich beinahe tot vom Rad falle. War aber nur ein Schachtdeckel, nicht ihre Gedankenmacht.

Neulich sind wir dann noch eingekehrt, nach getanem Sport. Was hat man denn von so einer Leistung, wenn man nicht irgendwo schwitzend und stinkend protzen kann: Seht her, wie vital ich bin.

Sie legt mir drei eiskalte Finger auf den Oberarm, verschwörerisch, irgendwo zwischen Garderobe und Damentoilette, und flüstert: »Das nächste Mal fahr ich nur mit dir alleine.« Mein Schinken-Kommentar muss sie schwer beeindruckt haben.

Später fummelt er an seinem Fahrradschloss herum und sieht beschäftigt aus, dreht sich dann umständlich nach den anderen um, damit ja keiner mitkriegt, dass er zu mir genau dasselbe sagt. Nächstes Mal, nur wir zwei.

You never walk, äh - *ride* alone, denke ich und nicke. Ich fahre inzwischen dienstags mit Jürgen und donnerstags mit Regina. Meine Kondition ist supi, sie sparen sich die Eheberatung und falls du dir Sorgen machst, dass mir mal die Beziehungsgeschichten ausgehen: Niemals! Nicht bei der Quelle.

GRANATENHOCHZEIT
NICOLAI KÖPPEL

Der 42. Hochzeitstag meiner Großeltern stand im Kalender, Papa hatte ihn extra reingeschrieben. Dieser Jahrestag wird »granatene Hochzeit« genannt. Auch der 40. Jahrestag einer Eheschließung wird manchmal »granatene Hochzeit« genannt, aber den 40. hatte mein Opa Peter seinerzeit vergessen, weil er ihn sich nicht aufgeschrieben hatte. Also holten sie das jetzt nach. Es muss so ungefähr gewesen sein, als ich in der ersten oder zweiten Klasse war, denn ich kann mich erinnern, den Eintrag im Kalender schon selber gelesen zu haben. Opa Peter und ich waren irgendwie ein Team: er vergaß viel, und ich interessierte mich erst gar nicht dafür. Das kam auf dasselbe heraus. Mir war auch egal, was gefeiert wurde. Ich kam gern mit, weil ich mich irgendwann ins Arbeitszimmer von Opa Peter verziehen und dort damit fortfahren konnte, sechsundzwanzig Jahrgänge »Reader's Digest« nach den dort veröffentlichten Leserwitzen zu durchsuchen. Mein Traum war, einmal selbst einen Witz einzuschicken und dann die ausgelobten zwanzig Mark zu kassieren. Schwierig war nur, sich selbst einen regelrechten Witz auszudenken, denn es gab ja schon alles, ich knickte schon damals alleine bei den Grundsätzen ein. Ein Engländer und ein Franzose und ein Deutscher? Sagt Fritzchen? Was war der Unterschied zwischen? Prinzipiell lauter Fragen an Radio Eriwan.

Punktueller Alkoholmissbrauch bei Familienfesten hat in unserer Verwandtschaft eine lange Tradition. Schon von der Weihnachtsfeier 1857 im Elternhaus meines Ururgroßvaters mütter-väter-mütterlicherseits werden Dinge berichtet, die nicht weniger haarsträubend sind als das, was beispielsweise letzte Ostern auf der Dachterrasse meines Großcousins Paul gegen zwei Uhr morgens passiert ist. Es muss also davon ausgegangen werden, auch wenn ich es nicht an jeder Stelle der nun folgenden Erzählung dazusage, dass ausnahmslos alle Angehörigen sich bei der Granatenhochzeit meiner Großeltern 1980 auf einer Skala von angesoffen bis vollkommen strack bewegten, so gut sie das eben noch konnten – und glauben Sie mir, die meisten konnten das ziemlich gut. Deshalb feiern wir auch als Familie nicht mehr auswärts. Der letzte, der noch stehen konnte, musste in der Vergangenheit zu oft die Zeche für alle begleichen. Übung macht den Zahlmeister.
Über Opa Peter zu der Zeit muss man wissen, dass er nicht mehr ganz gesund war. In seinem Kopf. Opa Peter war einer von der Generation, die vierzig Jahre arbeiten geht und nie was sagt. So Leute gibt's heute gar nicht mehr, denkt man, wobei ich vermute, die gibt's schon, die sagen nur eben immer noch nix. Ein Jahr nach seiner Pensionierung aber (so um die Kupferne Hochzeit meiner Großeltern herum muss das gewesen sein) hatte Opa Peter einen ganz leichten Schlaganfall, und seitdem sagte er einfach, was immer ihm in den Kopf kam, ob es passte: scheißegal.

Die Assoziationsmaschine läuft. Ich erinnere mich zum Beispiel, dass er mich mal fragte »Warst du heute schon auf dem Klo?«, und ich sagte, klar. »Und wie sah's aus?« Und ich so »Hä?«, und er so »Junge, ich kack jetzt schon fast siebzig Jahre, und ich find's faszinierend, dass man währenddessen nie spürt, ob man gerade nen Kringel macht oder nen Halbmond oder was eben. Machmal kommen auch Buchstaben. Ist doch faszinierend! Und keiner redet da miteinander von! Also nicht mit mir. Aber darüber denk ich in der letzter Zeit immer mehr nach, und ich wart jeden Tag auf den perfekten Kreis!" Und das könnte ich mir merken, sagte er, wenn ich mir mal was vornehme: "Manchmal ist es dann nämlich so, da merkt man schon währenddessen, ah,ah, das wird heute nix, aber manchmal eben denkt man, vielleicht heute, vielleicht heute. Aber was macht man dann? Wenn das dann is? Kann man doch nicht rumzeigen, sowas. Aber wenn man einmal angefangen hat damit, dann kann man auch ganz schwer mehr damit aufhören, drauf zu warten.«

Zurück zu den Feierlichkeiten. Angefangen haben sie nachmittags mit Kaffee und Kuchen, damit man nicht auch noch Mittagessen auftischen musste. Meine Oma sagte zwar immer : »Kommt nach dem Kaffee, dann seid ihr zum Abendessen wieder zuhause!«, aber manche hatten ja auch eine lange Anfahrt, die sah man nicht oft, nur bei Familienfesten, aber eben nicht bei allen. Die meisten anderen sah man

immer, wenn auch nur annähernd Familienfest drüberstand, und es waren nicht die, die man selten sah, die die Interessanten waren. Das ist als Kind so. Das wird komischerweise später anders.
Onkel Heiner ist auch da. Onkel Heiner ist mein Lieblingsonkel, Versicherungsmakler aus dem Ort nebenan, Ende vierzig. Er verdient viel Geld und fährt einen Sportwagen. Aber er ist nicht verheiratet. Kinder auch keine. Ich hab ihn mal gefragt, ob er Kinder hat, und er sagte: »Nein, dafür gibt es Zeugen.« Onkel Heiner grinst meistens und zieht die Augenbrauen dabei hoch, er ist immer fein angezogen und seine Haut stets braun wie im Urlaub. Er trägt Goldkettchen und rauchte Pfeife. Das durften Männer 1980 noch, also Pfeife meine ich. Als ich Onkel Heiner mal gefragt habe, warum er keine Zigaretten raucht wie die anderen alle, guckte er mich schelmisch an und sagte: »So'n kleines Ding im Mund, das ist doch nix.« Onkel Heiner hat immer einen ganz geheimen Geldanlagetipp und erzählt ihn jedem weiter. Es war mir schon als Kind ein Rätsel, wie ein Geheimnis ein Geheimnis bleiben kann, obwohl es alle wissen. Zwei Monate im Jahr fährt Onkel Heiner nach Griechenland auf Mykonos, aber er schreibt nie Postkarten von dort. Kurz bevor er hinfährt, ist er so gut drauf, da konnte man alles von ihm kriegen, und wenn er wieder frisch zurück war, kam er mir immer für ein paar Wochen ganz traurig vor. Ich konnte mir nie vorstellen, warum er da immer wieder hinfuhr. Heute verstehe ich, warum er damals auch nicht ver-

standen hat, warum das so sein muss. Aber anders ging auch nicht.

Die Schwester meines Vaters kam. Opa Peter umarmte sie »Martina, mein liebes Kleines, jetzt kann ich dich wirklich bald nicht mehr mein Kleines nennen. Du wirst wirklich immer fetter!« , und als sie sich beschwerte, sagte er »Ich mach doch nur Spaß«, und Tante Martina war gar nicht besänftigt, weil sie wusste, dass das mit dem Spaß nicht stimmte. Sie trug weiße Turnschuhe, immer, ziemlich hässliche. Und sie erzählte gern, wie sie die gekriegt hat. Nicht die ersten, sagte sie, die originalen, die hatte sie vor über zehn Jahren gekauft, in einem Schuhladen, der jetzt inzwischen zu war, und man versteht auch gleich vielleicht, dass der jetzt zu ist und warum. Als die original weißen Turnschuhe von Tante Martina nach knapp zwei Jahren komplett ausgelatscht waren, hat sie zufällig genau zu dieser Zeit den Karton im Keller gefunden, in dem sie die Schuhe gekauft hat, und sie hat die Schuhe wieder zurück in den Karton, weil sie da ja am Anfang drin gewesen waren, und die Adresse vom Hersteller stand auf dem Karton, und also dachte Tante Martina, schickt sie die Schuhe einfach zurück, und weil das ohne Begleitbrief unhöflich ist, hat Tante Martina einen Brief geschrieben, in dem drinstand, was ihr da gerade so durch den Kopf ging, nämlich dass sie enttäuscht ist, dass die Schuhe schon kaputt sind nach zwei Jahren, und sie hat den Karton zugeklebt und weggeschickt und hat gar nicht lange später ein Päckchen aufmachen können, in dem die Schuhe nochmal in neu drin waren und ein ganz höflicher Brief vom Hersteller, eigentlich nicht nur höflich, sagte sie, sondern vom Tonfall her richtiggehend aufgekratzt und gutgelaunt. Seitdem, sagt Tante Martina, macht sie das alle zwei Jahre und läuft inzwischen mit dem sechsten Paar Schuhe herum, die mit dem ersten quasi alle identisch waren bisher, und sie wundert sich schon ein bisschen, aber der Geiz ist stärker als das Wundern. Mit dem alten Regencape hat es auch funktioniert, sagt sie, obwohl sie an den Löchern da drin absolut selber schuld war, hat sie wahrscheinlich wegen des wieder ganz bitter enttäuschten Begleitbriefs ein neues Regencape bekommen. Und genauso beim Toaster und dem Radiowecker, als die kaputt waren. Der Trick ist der bitter enttäuschte Begleitbrief, sagt sie, da ist dann ratzfatz Ersatz da. Aber immer klappt es auch nicht, bei dem Pürierstab wäre es eine Unverschämtheit gewesen, da hat es über einen Monat gedauert, bis der neue ankam. Aber insgesamt sei sie hochzufrieden, sagt sie, kaum mehr was im Haushalt ist noch erste Generation. Tante Martina kriegt nämlich alles kaputt. Ihr Mann ist letzten Monat ausgezogen, aber sie ist sich sicher, dass er wiederkommt. Sie hat ihm einen bitter enttäuschten Brief geschrieben und ist jetzt zuversichtlich.

Opa Peter popelt in der Nase und zeigt herum, was er so findet. Er ist zwar nicht mehr gut zu Fuß, aber dafür steht er gern auf und geht um den Tisch herum.

Das wäre wie bei Tante Martina, sagt er, es kommt immer kostenlos was Neues nach, und je älter, desto gelblicher. Onkel Heiner lacht ganz laut und ganz hoch, fast wie eine Frau, und trotzdem wird Opa Peter spätestens zum Abendessen alleine an den Katzentisch gesetzt, so weit wie möglich weg von den Kindern und weit genug weg von den Erwachsenen. Nach einer Weile setzt sich Onkel Heiner dazu. Es gibt ein Buffet, jeder hat was mitgebracht, von meiner Mama kommen die kleinen Pizzaschnecken, die ein bisschen trocken sind.
Onkel Heiner erzählt Opa Peter von seinen Geldtipps und was es am Buffet alles gibt und bringt Opa Peter dann das, was Opa Peter vom Buffet haben will, und während er das holen geht, gibt Opa Peter Onkel Heiner einen Klaps auf den Popo, und Onkel Heiner tut so, als wäre ihm das unheimlich peinlich, und alle tun so, als ob sie ihm das glauben, und ich glaube, dass Onkel Heiner lieber auf Mykonos wäre als hier, aber die Griechen brauchen nicht so viele Hausratversicherungen wie die Deutschen.
Tante Cäcilie sitzt auch mit am Tisch, der Platz rechts neben ihr ist jetzt leer, und sie isst in Ruhe vor sich hin. Sie redet nicht viel, also nicht nur beim Essen, sondern auch sonst nicht, selbst wenn jemand da ist, und ich kann mich erinnern, das irgendwie ungerecht zu finden.
Kusine Annika ist auch da. Sie ist zwei Jahre älter als ich und bietet an, dass sie mit mir in den Keller geht und mir dort ihre Mumu zeigt, wenn ich dafür mei-

nen Pipimann vorführe. Ich ziere mich. »Komm«, sagt sie, »ich geb dir ein Hanuta.«
Opa Peter winkt mich zu sich. Ich soll ihm einen Löffel bringen. Oder eine Gabel, sagt er, es wäre eigentlich egal. Ich bringe ihm ein Messer, und er freut sich. Er steht auf, nimmt das Glas von Kusine Annika, trinkt es aus und klingt mit dem Messer dagegen. Eine Rede von Opa Peter anlässlich seines 42. Hochzeitstages, da kann man nichts gegen sagen. Das darf er. Alle sind still, aber irgendwie nicht, weil sie auch wollen, dass Opa Peter die Rede hält, sondern weil sie nichts anderes machen können als nix, und also ist das sehr konsequent und erwachsen von den ganzen Erwachsenen. Opa Peter räuspert sich und sagt. »Liebe Familie. Wir sind alle zusammen hier, und ihr seid alle so still. Ach, wenn das doch öfter sein könnte.« Und dann sagt er »Das war ein Witz«, und keiner lacht, und ich finde das logisch, weil wenn man's dazusagt, ist ja die Überraschung weg. Dann setzt Opa Peter sich wieder hin und gießt das Glas von Kusine Annika voll mit Orangensaft.
Jetzt versuchen alle, das Thema zu wechseln, obwohl doch gar kein Thema da war vorher, und es fällt auf, dass Tante Cäcilie nicht auf ihrem Stuhl sitzt. Sie fehlt. Wer hat sie gesehen? Der eine Typ mit dem Schnurrbart, ich glaube, der ist mit jemandem verheiratet, der mit jemandem verwandt ist, der irgendwie von Oma und Opa abstammt, keine Ahnung, wie der heißt, der erinnert sich, dass sie vor ein paar Minuten aufgestanden ist und den Raum verlassen

hat. Der Schnauzbart erinnert sich auch, dass Tante Cäcilie ein bisschen gehustet hat. Dann ist sie wohl aufs Klo gegangen, vermutet man. Wir beenden das Thema, ehe Opa Peter davon Wind bekommt.

Onkel Heiner hat zum Kaffee schon ein paar Gläser Sherry getrunken. Er ist jetzt nicht mehr fröhlich, er sagt, dass jemand namens Kostas so ein wunderbarer Mensch sei, und so freundlich und zuvorkommend und immer gut angezogen und so unglaublich hübsch, warum der nicht hier sein dürfe, der habe doch niemandem was getan und der sei noch so jung, und ich denke, dass den Kostas ja hier keiner kennt, wenn ich den nicht mal kenne und dass auf eine Familienfeier klar nur die kommen, die alle kennen. Und ich frage Onkel Heiner, wo dieser Kostas ist, und er sagt, »auf Mykonos«, und ich denke, dass er dann natürlich nicht hier sein kann, wenn er auf Mykonos ist.

Tante Martina zieht unter dem Tisch die weißen Turnschuhe aus. Sie sagt, die sind total unbequem, aber sie weiß nicht, wie sie das dem Hersteller beibringen soll, der ist doch immer so nett. Und ich klettere unter den Tisch und bis ganz nach hinten durch, und als ich an Tante Martinas Schuhen vorbeikomme, muss ich gerade einatmen und denke, es ist aber schon gut, dass sie alle zwei Jahre neue bekommt. Ich sehe die Beine von allen meinen Verwandten und denke, das könnten jetzt auch alles ganz andere Leute sein, und das wäre dann schon anders, aber nicht so anders, dass es eine richtig tolle Feier wäre.

Dann gibt es Nachtisch, Vanilleeis mit heißen Himbeeren. Oma hat sich richtig ins Zeug gelegt, sagt sie, aber Papa sagt, das sagt sie immer, wenn sie eigentlich keine Lust darauf hatte, das zu machen, von dem es dann später heißt, sie habe sich voll ins Zeug gelegt und ich weiß nicht, warum sie es dann trotzdem macht oder sagt und was für ein Zeug überhaupt.

Und plötzlich sind die ganzen Beine weg, und ich verstehe, dass alle auf einmal aufgestanden sind. Tante Cäcilie ist nämlich gefunden worden. Sie ist nicht auf dem Klo gewesen, sie liegt im Nebenzimmer, keine fünf Meter von der Kaffeegesellschaft weg. Auf dem Boden. Und sie ist ganz blau im Gesicht. Onkel Gregor ist Arzt oder Sanitäter oder Apotheker oder so was. Er setzt sich neben ihr auf den Boden und informiert uns, dass Tante Cäcilie leider vor geschätzt zwanzig Minuten gestorben ist. Man will den Notarzt rufen. Opa Peter setzt sich wieder hin und schüttelt den Kopf, bevor er ruft: »Wieso denn den Notarzt, wenn sie tot ist? Stellt euch mal vor, wir stehen hier rum und da hat jemand irgendwo anders nen Herzinfarkt und braucht dringend Hilfe, aber der Notarzt ist hier bei der toten Cäci? Können wir nicht erst das Eis essen und in Ruhe überlegen, bevor noch mehr Menschen zu Schaden kommen? Die Himbeeren werden kalt!«

Der Notarzt kommt dann doch und sagt, Tante Cäci ist erstickt. Irgendwas muss ihr im Hals steckengeblieben sein. Um die anderen nicht mit Husten und Würgen zu stören, ist sie nach nebenan gegangen.

Oma bittet den Notarzt, das, was ihr im Hals steckt, nicht rauszuholen vor allen Leuten. Weil man dann nämlich weiß, was das vom Buffet war und wer das mitgebracht hat.

Tante Cäcilie wird jetzt abtransportiert, und die meisten gehen mit, also nicht mit, aber eben auch. Aber es ist ja zum Glück nicht für lange, weil man sieht sich ja in ein paar Tagen schon wieder bei Tante Cäcilies Begräbnis. Telefonnummern werden überprüft, ob sie noch stimmen wie seit zwanzig Jahren schon, und Opa Peter überredet Tante Martina, dass sie sich freinimmt und noch die paar Tage bleibt. Wenn sie sich ein bisschen mehr sehen diese Woche, sagt Opa Peter, dann sei Cäci nicht ganz umsonst gestorben. Tante Martina nimmt jedenfalls die Jacke von Tante Cäcilie von der Garderobe und guckt im Kragen nach dem Herstelleretikett.

Ich sehe Onkel Heiner, der im Lauf des Abends alle seine Pfeifen heißgeraucht hat und sich deshalb im Gehen eine Zigarette schnorrt, und ich sage zu ihm »du rauchst ja doch kleine Dinger«, und er zieht ganz seltsam lange an der Zigarette, aber mehrmals, so dass vorne die Glut wie ein Herzschlag aufleuchtet, und dann grinst er und sagt: »Es kommt auch auf die Technik an«, und ich finde das voll logisch, verstehe aber kein Wort. Onkel Heiner steigt in seinen Sportwagen vor der Tür, und jemand fragt, ob er denn noch fahren kann, und er sagt »Liebes, ich weiß Sachen über den zuständigen Oberwachtmeister, die weiß nicht mal seine Friseuse«, und ich den-

ke, woher Onkel Heiner weiß, was die Friseuse weiß oder nicht und ich weiß es auch nicht.
Als fast alle weg sind, sitze ich auf dem Sofa und lese die Witze im Reader's Digest. Ich habe heute schon an die zweihundert Witze gelesen, und mir fällt keiner ein, den ich einschicken könnte, weil alle, die mir jetzt einfallen, sind schon aus dem Reader's Digest. Opa Peter kommt ins Arbeitszimmer, legt mir seine knorrige Hand auf die Schulter und sagt: »Weißt du, was ich jetzt mache?« – »Nein, Opa, was?«, frage ich, und er beugt sich zu mir runter und sagt leise und mit einer Spur Tapferkeit in der Stimme, die vielleicht nur gespielt ist: »Ich geh jetzt nach oben und fick deine Oma.« Dann geht er grinsend nach oben, und ich bleibe unten und nehme mir vor, Papa zu fragen, ob er den nächsten Hochzeitstag seiner Eltern auch in den Kalender schreibt, aber ich merke schon währenddessen, dass ich das nachher doch nicht hinkriege, weil ich nicht weiß, warum ich das fragen will.
Früher, und als Kind sowieso, weiß man nicht, warum man auf solche Versammlungen mit muss. Jeder kennt solche Rätsel, und wenn man lange genug darüber nachdenkt, fällt einem auf, dass einem die Auflösung egal ist. Erst nach einiger Zeit versteht man den tieferen Sinn. Und wenn man ehrlich und aufmerksam durchs Leben geht, bemerkt man auch, dass das bei anderen Versammlungen auch heute noch so ist. Keine Ahnung, was man eigentlich hier macht. Aber dann kommt was, mit dem man gar

nicht gerechnet hat, und wenn man das hört, dann versteht man. Wenn also irgendjemand ein Hanuta übrig hat, bitte bei mir melden. Danke.

VERWANDLUNG
KARIN WIEMER

»Was meinst du«, frage ich Gerald, »kann ich den Minirock noch anziehen?«
Er zieht die Augenbrauen hoch und sagt: »Der ist doch noch gut.«
»Klar ist er das«, sage ich, »ich meine, ob ICH ihn noch tragen kann.«
»Wenn er zu eng ist, lass doch oben den Knopf auf. Oder zwei. Mach ich bei meinen Hosen auch«, sagt er und liest schon wieder.
»Gerald«, sage ich jetzt eine Spur akzentuierter, »bin ich zu alt für diesen Rock?«
Ich merke, wie es in seinem Kopf arbeitet: Der Rock ist schon älter, ich bin es auch – weshalb die Frage, was sollte da nicht passen, dann schaut er doch genauer hin und sagt: »Die Strumpfhose hat eine Laufmasche.«
Ich seufze, selbst schuld, man sollte Männer in heiklen Kleidungsfragen eben nicht um eine dezidierte Meinung bitten. Da herrschen andere Kategorien. Klamotten gern alt, Frauen jung. Röcke kurz, Haare lang. So ganz allgemein.
Bei der eigenen: egal.

»Ist das schon wieder neu?«, fragt Gerald manchmal und runzelt die Stirn, »das hab ich ja noch nie gesehen.«
Ich verdrehe die Augen. »Das ist uralt«, sage ich, »so alt wie unsere Beziehung.« Und frage mich hoffnungsvoll, ob ich mich in den zehn Jahren vielleicht gar nicht so verändert habe. Oder ob er es einfach nur nicht gemerkt hat. Was wahrscheinlicher ist – und in mancher Hinsicht ja auch nicht so verkehrt.
»Ach so«, sagt Gerald und liest weiter.
Kein Kommentar, ob es schön ist, ihm gefällt, es mir steht – oder eben nicht. Unfassbar. Oder war die Erwähnung des scheinbar unbekannten Kleidungsstückes an sich schon ein Kommentar – nur welcher? Oder nur ein Augenblick des Auftauchens in der Gegenwart, das Anhaften des Auges an einem Teil aus dem Ganzen des Alltagslebens, mit anschließendem Abdriften in einen diffusen Daseinszustand, eine Art Stand-by, in den Männer automatisch beim Betreten der heimischen Sphäre schalten?
»Wie jetzt«, sage ich. »Irgendwann ist man doch für Miniröcke zu alt.«
Gerald schaut noch mal auf. »Hm, ja, kann schon sein.« Ich schaue weiter fragend.
»Nee, ich glaub noch nicht.« Er schaut auf die Uhr. »Lass doch an.«
Klar. Vielleicht wollte ich genau das hören, vielleicht ein bisschen mehr, etwas differenzierter, ein winzigkleines Kompliment vielleicht, oder gern auch etwas mehr. Aber im Endeffekt bin ich froh, wenn er nicht

»das sieht so Oma-haft aus«, sagt, obwohl das wahrscheinlich schon fast ein Kompliment wäre, genau besehen.
Ich lasse den Rock also an. Wir gehen ins Kino, da sieht man eh nix. Und mit Minirock könnte man sogar ein bisschen fummeln, wenn man wollte. Will zwar keiner, aber egal. Ich hab mich immer gefragt, wieso ganz hinten im Kino die Fummel-Reihen sein sollen. Da sitzen dann alle, würden gern, trauen sich nicht, geht ja auch nicht so richtig, ist ja alles voll, die Konzentration auf den Film ist futsch, die Stimmung auch, nach eineinhalb oder gar zwei Stunden ist die Luft raus, dafür gibt's befriedigte Burger-Gelüste, Völlegefühl und abgeschlaffte Müdigkeit.
In den ersten Reihen ist nix los, da könnte man Partys feiern oder Orgien, da schauen alle drüber weg. Aber wehe, man isst Popcorn, da fliegen einem die Gummibärchen an den Kopf oder halbvolle Bierdosen. Aber Gerald wollte ja immer hinten sitzen. Wahrscheinlich weil er wusste, dass da nix ist mit Fummeln.
Ich lasse den Fummel also an, wechsle dafür dreimal das Shirt, um auf die erste Wahl zurückzugreifen. Dreißig Teile im Schrank und ein Lieblings-Hemd. Warum ist das so?
Warum ist der Kleiderschrank immer zu klein und nie was Passendes drin?
Warum ist das richtige Stück immer in der Wäsche?
Warum ist das Leben so kompliziert? Oder verkompliziere ich das Leben?

Liegt das im Frausein begründet – oder an den Männern?
Spielt das alles überhaupt eine Rolle?
Und warum besteht das Leben aus lauter Fragen?
Heute spielt das jedenfalls keine Rolle. Und was wir nach dem Kino machen, ist auch keine Frage: Wir gehen noch etwas essen. Zweimal Burger-Menü, das volle Programm. Ich verfluche mal wieder die Textilindustrie, die 1988 nicht in der Lage war, den total coolen schwarzen Jeans-Minirock mit dem erforderlichen Stretchanteil zu versehen. Stattdessen öffne ich die erforderlichen Rockknöpfe, wobei sich zwar keine Erleichterung einstellt, aber wenigstens das Gefühl, alles versucht zu haben. In jeder Hinsicht.
In der erwarteten Abgeschlafftheit kommen wir nach Hause. Wir haben mal wieder alles voll ausgekostet – zumindest die Teller leer gegessen. »Man muss raus und sehen, was das Leben zu bieten hat«, sagt Gerald mal wieder. Als wir nebeneinander im Bett liegen, höre ich ihn synchron mit mir wohlig stöhnen. »Nächstes Mal esse ich einen Burger weniger«, denke ich und schaue zu Gerald. Er schaut zurück. »Nächstes Mal ziehe ich die weite Hose an«, seufzt er zufrieden. »Dann musst du dich mit den riesigen Burgern nicht so quälen.«
Und mir wird klar: Männer und Frauen sind irgendwie anders. Wahrscheinlich passen sie nur deshalb zusammen.

FRISCH UND VOLLSTÄNDIG
MARCUS SAUERMANN

»Wohnungstod mit Fäulnisveränderungen« heißt es im Pathologen-Fachjargon, wenn alleinstehende Leute sterben, ohne dass es zunächst jemand bemerkt, und ihre Leiche deshalb erst einmal vor sich hingammelt, bis der süßlich beißende Verwesungsgestank, der unter der Türschwelle ins Treppenhaus dringt, so unerträglich wird, dass sich einer der Hausbewohner erbarmt, die Polizei zu rufen.

So möchte ich nicht enden und lebe deswegen auf dem Land, wo jeder den anderen kennt und ständig kontrolliert. Wenn ich da einmal vergesse, den Schnee vom Gehweg zu kehren, vergewissern die sich nach 10min., ob nicht schon ein süßlich-beißender Geruch unter meiner Tür hervordampft.

Und noch eine Vorsichtsmaßnahme gegen zu späte postmortale Auffindung habe ich getroffen: feste Beziehung mit so vielen Kindern wie möglich. Auf diese Weise bin ich die meiste Zeit umgeben von Leuten, die meinen Zustand im Blick haben und eine beginnende Verwesung sofort bemerken würden.

»Schön und gut«, höre ich schon die Einwände, »was aber, wenn die Frau bei schönem Wetter den ganzen Nachmittag unterwegs ist, die Kinder zur gleichen Zeit unbekümmert draußen spielen gehen, die Zeit vergessen, den Vater vergessen, der drinnen unbemerkt anfängt zu verwesen. Keiner riecht es, weil draußen die Blumen so wunderbar duften.« Genau aus diesem Grund bin ich so froh, dass bei uns im Haus auch noch ein Hund lebt, der mit seiner feinen Nase sofort riecht, wenn da was nicht stimmt.

Mit dieser raffinierten Argumentationskette begegne ich immer dem Vorwurf meines Kumpels, wenn er wieder mal nachfragt, wie ich denn so bescheuert sein könne, ausgerechnet auf dem Land zu wohnen zwischen all den Dorftrotteln, in einer spießig festen Beziehung mit einer so anstrengenden Frau und den stressigen Rotzgören und dann auch noch zu allem Überfluss mit so einer nervigen Töle am Hals. (Vielleicht ist "Kumpel" auch zu viel gesagt, egal....)

»Immer noch besser, als zum Schluss unbemerkt zu verwesen«, pflege ich lächelnd einzuwenden. »Dann hilft dir nämlich auch keine von deinen sexgeilen One-Night-Stands in deiner großen anonymen Stadt mit dem zugegebenermaßen beeindruckenden Angebot an Kinos, Theatern, Kunstgalerien und coolen Szenenkneipen. Nee, dann verwest du vor dich hin, du armer isolierter Stadtmensch!«

»Moment«, sagt daraufhin mein Bekannter und macht noch schnell per SMS ein Date für denselben Abend in einer dieser Szenekneipen klar, »hast du denn nicht gelesen über die Fälle von Leichen, die man gefunden hat ohne Kopf und Genitalien?«

»Nein«, muss ich gestehen, davon sei im Freiberger Landboten nichts zu lesen gewesen, aber ich nehme an, dass es sich bei so etwas um die Tat geistesgestörter Serienmörder handelt, von denen es ja vor allem in der Großstadt nur so wimmle.

»Mitnichten«, klärt er mich auf, das sei die Tat eines der Wesen, durch die ich mich in Sicherheit wiegen würde.
»Frauen, also doch!«, ist meine erste Reaktion, aber er schüttelt nur den Kopf.
»Kinder?«, rate ich weiter.
»Auch nicht!«, sagt mein Bekannter.
»Dorfbewohner!«, folgere ich. »Verdammt! Diese Dreckschweine! Hab ich mir doch immer schon gedacht, dass diese perversen Bauerntrampel...«, weiter komm ich nicht, denn mein Bekannter winkt wieder ab und offenbart mir den wahren Gefahrenherd:
»Hunde!«
Es komme wohl gar nicht so selten vor, weiß er grinsend zu berichten, dass die eigentlich so treuen Vierbeiner nach dem Tod des Herrchens, wenn sie mit dessen Leiche alleine seien, versuchen, die ungewohnte Reglosigkeit ihres Besitzers durch Lecken und Anstupsen zu überwinden. Bleiben diese Versuche ohne Erfolg, fangen die Hunde an zu knabbern, schließlich zu beißen ... und zwar bei den weicheren Teilen anfangend – Hals, Augen, Genitalien...
Augenblicklich wird mir übel – zum einen aufgrund der unappetitlichen Vorstellung meiner geschändeten Überreste durch postmortalen Tierfraß, zum andern weil mein raffiniertes Lebenskonstrukt in diesem Moment zusammenfällt wie ein Kartenhäuschen. Wofür Frau, wofür Kinder, wofür dieses Scheißviech von Köter, wenn man dann am Ende – nachdem man alle durchgefüttert hat – auch noch

ohne Genitalien ins Jenseits abdampfen muss?
Das hab ich mir anders vorgestellt im Falle meines Todes ... eher so wie bei »Lassie« oder «Kommissar Rex«, dass der Hund bellt und Hilfe holt oder direkt bei der Polizei anruft, statt kurzerhand meinen Leichnam zu entmannen.
Meine erste Reaktion nach dem Gespräch war natürlich der sofortige Versuch, unseren Hund irgendwo auszusetzen, aber dieser Hund von Hund hat von überall her wieder nach Hause gefunden. Dann blieb logischerweise nur Vergiften, was nie zum gewünschten Ergebnis bei ihm führte, sondern lediglich zu heftigen Attacken von Brechdurchfall. Nicht schön. Zum Glück sind die Kinder zuerst hineingetreten und mussten es deswegen wegmachen. Kinder sind eben doch manchmal eine Bereicherung, egal, was mein Bekannter sagt.
Ich dagegen musste nun damit leben, mit einem unverwüstlichen vierbeinigen Geier von Hund unter einem Dach zu verbringen, der nur darauf wartet, dass ich unbemerkt verende, um sich – unter dem Vorwand fehlgeleiteter Instinkte – an mir kulinarisch zu vergehen.
Sehr bald traute ich mich nicht mehr, in Gegenwart des Hundes einzuschlafen in der Angst, er könne das fehlinterpretieren und voreilig zuschlagen. Sobald ich müde wurde, schloss ich mich also ein, bis mir auffiel, dass ich genau damit einer unbemerkten Verwesung nur Tür und Tor öffnete.
Es blieb mir also nichts anderes übrig, als dafür zu

sorgen, dass der Hund im Ernstfall gar nicht erst auf falsche Gedanken kommt und mich ungenießbar vorfindet.

Ich probierte also etwas anderes: Ich strich eine Wurst mit unterschiedlichen Substanzen ein, um zu sehen, was für den Hund so abschreckend wirkt, dass er sogar auf sein Lieblingsleckerli verzichtet...

Hier meine Ergebnisse:

Platz 3: Tabasco ist recht abschreckend, aber nicht lange, höchstens eine halbe Stunde, dann macht der Hund sich – angewidert würgend, aber am Ende konsequent beherzt – an der Wurst zu schaffen. Ich war im Grunde recht froh über das Ergebnis, da die Anwendung von Tabasco an den gefährdeten Körperregionen keinen dauerhaften Tragekomfort erwarten lässt.

Platz 2 (schon weit angenehmer in der Konsequenz): Rasierschaum. Schreckt aber das Tier auch nur eine begrenzte Zeit vom Verzehr ab ... höchstens einen halben Tag, und das reicht nicht.

Kurzum, ich habe eine Menge durchprobiert, bis ich schließlich auf den unangefochtenen Platz 1 gekommen bin. Absolut unschlagbar: Der Hund hat die Wurst bis heute nicht angerührt, nachdem ich sie mit Katzenurin eingerieben habe. Das Zeug wirkt selbst in kleinen Mengen Wunder.

Dummerweise auch bei Menschen. Meine Frau schmiss mich noch in der gleichen Nacht aus dem Schlafzimmer, in der gleichen Woche, nachdem ihr erklärte, warum ich mich mit Katzenurin einreibe und das bestimmt gar nicht so schlimm sei, wenn alle in der Familie oder besser noch alle im Dorf es mir gleichtun würden – aus dem Haus.

Ich wohne nun also – auf den Rat meines Kumpels hin, der ja immer schon - völlig zurecht - darauf hingewiesen hat, dass Familie und Land nur was für Bekloppte seien – wieder alleine in einer kleinen Stadtwohnung.

Die Kinder fehlen mir manchmal schon, aber das immense kulturelle Angebot tröstet mich meist rasch über Phasen aufkommender Verstimmtheit hinweg. Und auch das Großstadtproblem unbemerkter Verwesung hab ich nun - dank des Fortschritts moderner Technik – in den Griff bekommen. War gar nicht so schwer: Man muss nur einen Bewegungsmelder mit einer Reihe von großen Kühlaggregaten kombinieren. Im Falle meines Todes springen die an und drosseln die Zimmertemperatur auf Kühlhausniveau. Das wiederum verbraucht ordentlich viel Strom, der – da ich ja tot bin – nicht bezahlt wird. Also wird sich mein Stromanbieter bzw. dessen Inkassofirma an meine nächsten Verwandten wenden: meine Kinder. Die schauen dann nach langer Zeit mal wieder bei mir vorbei und finden meine tiefgekühlte Leiche endlich so vor, wie ich ihnen immer schon in Erinnerung bleiben wollte: vollständig und frisch.

KOMMET HER ZU MIR, ALLE, DIE IHR MÜHSELIG UND BELADEN SEID
ODER
WIE ICH DAS ONLINE-DATING ENTDECKTE
DOROTHEA BÖHME

Nachdem meine letzte Beziehung in die Brüche gegangen ist, habe ich das Tindern entdeckt. Wo sonst bekommt man so schnell eine Begleitung her für, sagen wir mal, einen Theaterbesuch?

Oder das Klassentreffen, zu dem Sandra eingeladen hat. Die dumme Pute, die damals in der Klassensprecherwahl so knapp mit 21 zu 2 Stimmen gegen mich gewonnen hat. Die wird wieder mit ihrem Volker angeben, Filialleiter der örtlichen Sparkasse und hach, hast du die Hochzeitsbilder gesehen, so ein schönes Kleid und in den Flitterwochen waren wir ja auf Malle … hahahahaha, nein, nicht Mallorca, auf den Malediven und was ist mit dir, Dorothea, immer noch Single? Wäre mein Leben ein Film, würde man drohende Musik im Hintergrund hören.

Ich brauche also einen Mann, und was liegt näher, als ihn im Internet zu bestellen? Mach ich mit meinen Schuhen ja auch so.

Mit Facebook angemeldet und schon kann ich mich durch die Profile potenzieller Kandidaten wischen – nach rechts, wenn mir einer gefällt, ansonsten nach links. Schnell stelle ich fest, dass unsere Elterngeneration in puncto Namensvergabe kläglich versagt

hat. Wie heißen die kleinen Jungs von heute? Winnetou, Pumuckl, Tarzan oder Matt-Eagle.
Wie heißen meine Tinder-Matches? 50% Michael, 50% Andreas. Aber über die Sultans, Smudos und Solarfrieds dieser Welt lachen – aus euch spricht der pure Neid, die Angst vor der Austauschbarkeit.
Ich schreibe ein paar Nachrichten hin und her, gehe auf ein paar Dates, trinke viel Alkohol und schließlich sitze ich einem blonden Wuschelkopf gegenüber, der mir irgendwie bekannt vorkommt. Ein Michael, und während ich an einem Bier nuckle, versuche ich, ihn einzuordnen. Postbote? Ehemaliger Arbeitskollege?
»Ich bin Ingenieur«, erzählt er mir. »Und mit meinem Namen, haha, konnte ich dann natürlich nicht anders, als in die Autoindustrie zu gehen.«
»Michael?«
»Mein Nachname natürlich.«
»Ah. Und wie ist der?«
Er lacht. »Du bist so witzig, haha! Otto! Wie der Erfinder des Otto-Motors. Und deshalb Autoindustrie, weißt du, weil Otto und ....«
»Ich hab's kapiert«, unterbreche ich. »Aber wieso bin ich witzig?« Nicht, dass ich das bestreiten will, aber der Anlass schien mir gerade doch ...
»Na, weil du das beim letzten Date auch gefragt hast.«
Ich kneife die Augen zusammen. Das erklärt, warum er mir bekannt vorkommt. »Hatte ich da gesoffen?«
»Hahaha, du bist so witzig!« Er lacht wieder.
»Und ... ja.«

Ich nicke. »Wir hatten schon ein Date. Klar. Ich erinnere mich«, lüge ich.

»Technisch gesehen zwei«, korrigiert Michael. »An Silvester haben wir ja geknutscht.«

Wir haben an Silvester ... das muss ich erstmal verarbeiten. Ich bestelle mir ein neues Bier und frage mich, wie ich Michael Otto vergessen konnte.

Ihn scheint meine momentane Schweigsamkeit nicht sehr zu stören, er erzählt mir seine Lebensgeschichte.

»Interessant«, werfe ich nach gut zwanzig Minuten ein, weil ich das Gefühl habe, auch mal etwas anmerken zu müssen.

Er sieht mich irritiert an. »Ja, nun, vielleicht. Ich fand den Tod meiner Oma hauptsächlich traurig.«

Ich kümmer mich vielleicht besser um mein Bier, das, wie ich erstaunt feststelle, schon wieder leer ist. Vielleicht ist es das Raum-Zeit-Kontinuum, überlege ich. Vielleicht kann Michael, der Ingenieur, das irgendwie beeinflussen. Das würde auch erklären, weshalb ich mich nicht an ihn erinnern kann.

»... und was sind so deine Dating-Erfahrungen?«

Ich schrecke auf. »Äh ....«

»Na, ich mein, ich hab dir jetzt von den ganzen Frauen erzählt, haha, diese eine, die wirklich ohne Punkt und Komma geredet hat, die ....«

Oder ein Wurmloch, denke ich, als ich die wiederum leere Bierflasche betrachte. Ich entschuldige mich auf die Toilette. Wie kann ich mich aus der Affäre ziehen? Das dritte Date, da kann ich doch nicht mehr sagen, der Funke ist nicht übergesprungen.

»Sei einfach du selbst«, textet meine beste Freundin Nina. »Dann haut der schon von allein ab.«
Zurück am Tisch strahle ich Michael an.
»Drittes Date«, sage ich, »das ist ja schon so gut wie verheiratet, nicht?«
Er blinzelt. »Beim nächsten könnten wir durchbrennen. Das war eigentlich immer schon mein Traum, eine Spontanhochzeit. Und wie war das jetzt? Fünf Kinder wolltest du auch, ja?«
Michael nimmt meine Hand, der Kellner stellt mir wortlos ein viertes Bier hin.
Und dann schlägt wieder das Raum-Zeit-Kontinuum zu. Irgendwann stehe ich mit Michael vor meiner Haustür.
»Ich bin ja noch ein Gentleman alter Schule, haha«, sagt er.
»Haha«, sage ich. Dann straffe ich die Schultern. »Tut mir leid, Michael. Du bist ein netter Kerl. Aber ... es liegt nicht an dir, es liegt an mir.«
Er guckt mich fragend an.
»Der Funke ist einfach nicht übergesprungen. Ich steh auf emotional unnahbare Männer.«
»Verstehe.« Sein Wuschelkopf wirkt geknickt. »Ich könnte das ja mal probieren.«
»Ja«, sag ich. »Mit der nächsten. Du wärst überrascht, wie viele Frauen diesen Typ Mann mögen.«
»Verstehe.«
Ich gebe ihm einen entschuldigenden Kuss auf die Wange, dann lösche ich seine Nummer.
Das Klassentreffen rückt näher.

Ich wische mich durch weitere Michaels, Andreasse und hin und wieder einen Daniel. Mit Daniels habe ich nicht so gute Erfahrungen gemacht, die werden leider gleich weggewischt.

Da sagen alle immer, Online-Dating ist oberflächlich, dabei ist Online-Dating eigentlich nur das gesammelte Leid mit dem anderen Geschlecht auf einen unschuldigen Namensvetter transportiert. Und bei der geringen Auswahl an männlichen Vornamen ist das eine ganz schöne Last, die ein Daniel oder Michael so zu tragen hat.

Um nicht länger teil, nein sogar Ausführende dieser Ungerechtigkeit zu sein, wische ich den nächsten Michael nach rechts. Kein Wuschelkopf. Aber ein stilvolles Selfie mit nacktem Oberkörper vor dem Badezimmerspiegel.

Zwei Minuten später trudelt eine Nachricht ein: Was macht denn eine hübsche Frau wie du bei tinder?

Über eine Antwort muss ich erstmal nachdenken. Soll ich ehrlich sein? Die Fassade täuscht, ich hab einen gewaltigen Dachschaden?

Oder zum Angriff übergehen? Und was stimmt mit dir nicht? Ist dein Auto nur ne Kompensation für die Größe deines …. nein, besser nicht, das könnte er als Herausforderung verstehen. Fotos von männlichen Geschlechtsteilen besitze ich schon fünf. Das hatte sich immer irgendwie aus dem Gespräch ergeben. Er schrieb Hi, ich schrieb Hi, er Wie geht's?, ich Gut …. Schwanzfoto. Ich entscheide mich für die kokettneckische Variante: »Haha oh mein Gott LOL«

Michael gefällt meine Schlagfertigkeit, er will mich treffen. Ich öffne meinen Kühlschrank, Bier ist alle.
»Ok«, schreib ich ihm zurück. Und weil ich nicht völlig wahllos auf Dates gehen will, ein klitzekleines bisschen Anspruch muss man ja haben, frage ich ihn noch: »Was ist dein Lieblingsbier?«
Drei Stunden später sitzen wir uns gegenüber, ich mit einem Wulle, Michael der Zweite mit einem Heineken. (Das mit dem Anspruch hab ich nur so dahingesagt.)
Und weil das Klassentreffen näher und näher rückt und Michael der Zweite einen Redeanteil von unter 70% für sich beansprucht, nehme ich ihn zwei Stunden später mit nach Hause.
»Hast du kein Bücherregal?«
Ich schau zu dem Bücherstapel auf dem Boden neben der Couch.
»Das ist so ein Image-Ding«, erkläre ich ihm und gebe ihm einen weiteren Kuss.
»Das ist ein ziemlich unpraktisches Image-Ding.«
Ich zucke mit den Schultern. »Passt zum Toulouse-Lautrec-Kunstdruck.« Ich deute auf das Bild über der Couch.
Michael küsst mich, scheint aber nicht ganz bei der Sache zu sein. »Das hängt schief«, sagt er. Ich dreh mich um. Tatsache. Es scheint ihn nervös zu machen. »Das kann man richten. Geht ganz schnell.«
Dann zieht er einen zusammengeklappten Zollstock aus den Untiefen seiner Cargo-Hose und das erklärt zumindest ….

»Wasserwaage und Hammer sind im Auto«, sagt er und stürzt zur Tür. Keine drei Minuten später erscheint er mit einem Werkzeugkasten in der Hand wieder in meinem Wohnzimmer.

Mit seinen Händen ist er begabt, der Mann, das muss ich zugeben, und als er sich anschließend mir zuwendet, intensivieren wir das mit dem Küssen und stolpern Richtung Schlafzimmer. Da wird sein Blick erneut so seltsam glasig. »Deine Schranktür hängt ... weißt du eigentlich, was eine Gerade ist?«

Mein Kleiderschrank ist von Ikea und ich war froh, dass Nina und ich alle Schrauben verbraucht hatten. Für Wasserwaagen fehlte uns weiß Gott die Geduld. Ganz im Gegensatz zu Michael: Wasserwaage, Schraubenzieher, Schranktür richten.

Ich setze mich aufs Bett und frage mich, was eigentlich schiefgelaufen ist mit mir und der Männerwelt.

»Sag ich doch, geht ganz schnell.« Stolz schaut Michael mich an. Er scheint zufrieden mit dem restlichen Zustand meines Schlafzimmers und kommt auf mich zu. Als er mich dieses Mal küsst, fährt er mir gleichzeitig mit den Händen unters T-Shirt und ... ich sehe nervös zur Wasserwaage. Nicht, dass meine Brüste direkt schief wären. Aber ... wer ist schon völlig symmetrisch?

»Weißt du was?« Ich ziehe mein T-Shirt wieder herunter. »In meiner Schreibtischlampe ist seit Wochen so ein Wackelkontakt, vielleicht könntest du ... «

Als Michael eine knappe Stunde später meine Wohnung verlässt, wünsche ich mir ein Bier und lösche seine Nummer.

Zwei Wochen später bereue ich diesen Schritt zutiefst. Ich stehe vor dem Bücherregal von Ikea und Nina ist im Urlaub.

Mein Handy meldet mir eine neue Nachricht: »Hey, sorry, dass ich mich so lange nicht gemeldet habe, war voll im Stress! LG Michael«

Wenn das nicht die perfekte Fügung des Schicksals ist.

»19 Uhr bei mir. Bring Bier mit«, schicke ich zurück. Zwei Minuten später sende ich »Kein Heineken!« hinterher.

Als es Punkt 19 Uhr bei mir klingelt und ich blonde Wuschelhaare durch den Türspion sehe, dämmert mir, dass ich möglicherweise etwas vorschnell getextet habe.

»Hey!« Michael der Erste begrüßt mich freudestrahlend, als er mir den Sixpack Warsteiner reicht. »Ich hätte ja nicht gedacht, dass du nach unserem letzten Treffen, haha, aber ich finde ja, dass wir, ach so Bier, haha, ich hab völlig vergessen, was du trinkst, aber das waren auch so ... Flaschen, oder?«

»Mmmh.« Immerhin ist auch in Warsteiner Alkohol.

»Dann müssen wir jetzt wohl durchbrennen, haha«, sagt er.

»Zwei Tage bis zum Klassentreffen«, antworte ich. Sandra und Volker der Filialleiter und bist du etwa immer noch Single?

»Also wenn du noch eine Begleitung suchst, haha!« Das nächste Bier trinke ich auf ex. Und weil's jetzt eh schon egal ist, ich meine, das vierte Date, wir sind so gut wie verlobt, nicke ich und geb ihm einen Kuss. Wir könnten unser Kind ja Veltin nennen, wenn's ein Junge wird. Astra für ein Mädchen.

Zwei Tage später beim Klassentreffen erzählt Nina mir als erstes, dass Sandra und Volker sich scheiden lassen. »Er hat sie betrogen, muss man sich mal vorstellen.« Dann stößt sie mir den Ellenbogen in die Seite. »Aber dein Neuer ist doch schnuckelig. Wie bist du an den gekommen?«

Ich drehe mich zum Tischende um, an dem Michael gerade einen Stuhl repariert. »Ich kann auch noch die Lampe richten.« Er hebt seinen Zollstock. »Geht ganz schnell.«

Ich trinke einen großen Schluck von meinem Begrüßungssekt. »Irgendwie ... hab ich da was verwechselt.«

Ich nehme mir vor, an tinder zu schreiben. Ob sie nicht Namensfilter einbauen können. Michael, Andreas, Daniel und Thomas raus, Sexmus Ronny, Don Armani und Mikado Birkenfeld rein.

ALLE JAHRE ZUWIDER
VOLKER SCHWARZ

Einmal im Jahr versucht meine Frau, einen Mischling-Straßenköter in einen reinrassigen High-Society-Pudel umzuwandeln. Dann nämlich, wenn sie mir als Weihnachtsgeschenk einen fabrikneuen dreiteiligen Anzug, ein Paar glänzende italienische Schuhe sowie ein frisch gewebtes Seidenhemd in einer Feierlichkeit überreicht, als wären es ägyptische Grabbeigaben.
Es handelt sich hierbei um ein fatales Missverständnis, doch ist das meine Schuld.
Als sich unsere Romanze in ihrer gesamten Tragweite noch nicht ermessen ließ und hauptsächlich auf horizontale Aspekte konzentrierte, hatte ich es im Rausch erotischer Unzurechnungsfähigkeit versäumt, der mir Anverknallten von Anfang an meinen Widerwillen gegenüber Bundfaltenhosen, Button-Down-Hemden sowie spitzen glänzenden Halbschuhen mitzuteilen. Auch, dass eine Krawatte bei mir allenfalls im Zuge eines Selbstmordversuches zur Anwendung käme. Ich gestehe, es war mir während meiner unkontrollierbaren Zuneigungsphase gleichgültig, welche Gewandung ich trug, konzentrierte ich mich doch vielmehr darauf, alles möglichst rasch wieder auszuziehen. Denn hat dich der wahnsinnige Amor erst vor seinen Karren gespannt, erscheint dir die Welt wie ein rosa ausgeleuchteter Strandurlaub und plötzlich findest du an nahezu allem Gefallen.

Ägyptische Nacktkatzen, vegane Gurken-Muffins, Spaziergänge im Regen, Salsa-Tanzkurse oder Therapeutisches Töpfern in einer Höhle auf Kreta - und eben auch: spießige Kleidung. Plötzlich alles dufte. Was das Argument untermauert, den Infizierten das Wahlrecht zu entziehen, solange dieser kritische Zustand anhält.

Weil ich also der Frau gegenüber meine wahren Gefühle unterdrückte, straft mich das Schicksal nun damit, stets feinen Zwirn tragen zu müssen, sobald wir zum Zwecke gesellschaftlichen Amüsements gemeinsam das Haus verlassen. Versuche, die Angebetete von meinem wahren Modegeschmack zu überzeugen, scheitern regelmäßig. Sobald ich mich nämlich in geschmeidiger Cargo-Hose, einem T-Shirt mit politisch unkorrektem Aufdruck, darüber meine alte Lederjacke gezogen und in bequemen Wanderschuhen steckend als vorzeigbar deklariere, schüttelt sie nur mitleidig lächelnd den Kopf und sagt: »Falls du es vergessen hast: Du bist keine 15 mehr!«

In solchen Momenten stehe ich kurz davor zu rebellieren: will mit den Lackschuhen im Garten Saatfurchen für die Tomaten ziehen oder im neuen Anzug in den Wald laufen, mich dort mit einer Machete an einem Dornengestrüpp abreagieren und anschließend im Schlamm wälzen.

Nun gut, ich befand mich tatsächlich im Alter von 15 Jahren, als ich mich letztmals modisch aktiv engagierte. Meine Frau weiß das, daher die ironische

Anspielung, denn alles endete in einem Desaster. Damals, anno 1981, kam in der Szene die Mode auf, Jeanskleidung zu tragen, in die man eigenhändig und ganz individuell ein weißes Fleckenmuster gebleicht hatte. Dazu musste man lediglich Hose und Jacke in der Badewanne flach ausbreiten und an verschiedenen Stellen mit Domestos besprengen.

So wurde mir der Bleichvorgang von meinem Kumpel Alex erklärt.

Alex war der stärkste Junge, den ich kannte. Und er hatte sogar einmal in der Gasse zwischen Schulgebäude und Mehrzweckhalle mit Dagmar Kreibich rumgeknutscht - die hatte schon Möpse wie Mopedlampen. Und Alex wusste bereits um das Wesen so vieler Dinge. Dinge, die er von seinem großen Bruder erfuhr. Fakten, die mich gleichzeitig ängstigten und faszinierten, von einer Welt berichtend, die irgendwo da draußen hinter dem Ortsschild unseres Dorfes begann.

Etwa die Geschichte von dem jungen Paar, das nachts im Wald eine Autopanne hatte. Der Mann ließ seine Frau allein im Wagen zurück, um Hilfe zu holen. Wenig später rumste es permanent auf dem Autodach. Als die Frau ausstieg und nachschaute, stand draußen eine finstere Gestalt, die mit dem abgetrennten Kopf ihres Mannes ununterbrochen aufs Verdeck schlug ...

»Ist in Amerika passiert«, beendete Alex seine Erzählung und drückte ihr damit das Siegel der wahren Begebenheit auf.

Ich nahm mir vor, niemals mit einer Frau in den Wald zu fahren, nicht ahnend, dass ich mich schon bei der ersten Gelegenheit nicht daran halten würde. Wenngleich ich lange über ein kleines Detail der Horrorgeschichte grübelte: Warum war der Killer ausgerechnet dort im Wald zur Stelle? War er hauptberuflich Killer und dies sein Arbeitsplatz, beziehungsweise was machte er an all den anderen Tagen dort, wenn gerade mal niemand vorbei kam und eine Panne hatte? Vielleicht ist er zuvor ja nur ein kleiner, psychisch instabiler Lesebühnenautor gewesen, der einmal frustriert durch den dunklen Forst schlurfte, um sich dort mit einer Machete am Unterholz abzureagieren und nebenbei den dreiteiligen Anzug nebst italienischen Schuhen zu ruinieren, das zu tragen ihn seine Frau ständig zwang, damit er künftig wieder seine geliebte Cargo-Hose, das T-Shirt mit dem politisch unkorrekten Aufdruck und die alte Lederjacke anziehen konnte. Und als er dabei zufällig auf das Paar mit dem defekten Auto stieß, hat er wohl etwas überreagiert - oftmals finden die Leute ja erst spät zu ihrer wahren Berufung.

Wie auch immer. Alex' Bruder trug längst die scheckigen Jeans und was der hatte, wollte Alex auch haben, und was dieser wiederum hatte, musste auch ich haben. Der große Bruder fuhr außerdem ein Motorrad und hatte angeblich seine Hände schon unter mehr Röcken gehabt als ein Puppenspieler der Muppets-Show. Im Gegensatz zu uns war er also schon komplett cool. Und neuerdings hatte der Bruder sogar eine feste Freundin. Die trug Netzhemden! Und nichts darunter! Allein die ungeklärte Frage, ob die heiße Braut unter ihrer blau-weiß getupften Stretchjeans dasselbe Nichts trug, sorgte in jenen Tagen für ganz andere Schattierungen auf meiner Hose.

Wie gesagt, für Alex und mich war es gebongt: Am nächsten »Disco«-Abend würden wir mit gefleckten Hosen, gemeint sind die chlorgebleichten, für eine optische Sensation sorgen. Unter »Disco« war die musikalische Beschallung einer Mehrzweckhalle zu verstehen, die sich in der unserem Dorf am nächsten gelegenen Kleinstadt befand. Da die Minimetropole über keinen speziellen Tanztempel verfügte, war es den Jugendlichen von Gemeinderats Gnaden gestattet worden, einmal monatlich in besagter Halle zu aktuellen Hits abzuhotten, welche ihr von den Betreibern einer mobilen Diskothek, de facto zwei Plattenspieler und ein kleiner Korb Vinylplatten, akustisch kredenzt wurden. Hier gab sich der Landadel ein Stelldichein, schwang die Hufe, verschaffte Brauereien Rekordumsätze, raufte die Rangordnung aus und raspelte nebenbei Süßholz in klimabedrohenden Ausmaßen.

Diese Leute würden bald in Ehrfurcht vor mir erstarren, denn die Ankunft des Jeans-Messias war nah! An der kommenden Veranstaltung würde dort ein ultracool gekleideter Typ aufkreuzen, um den sich das liebestolle Weibsvolk eifersüchtig Schlägereien lieferte. Fraglos standen mein gesellschaftlicher Aufstieg und erster sexueller Punktgewinn unmittelbar bevor.

Wie viele Pionierleistungen barg auch meine modische Transformation die Gefahr, auf Unverständnis unter Konservativen zu stoßen. Will sagen, sollte meine Mutter die ätzende Pigmentierung einer nagelneuen Jeansgarnitur mitbekommen, würde sie mir den Kopf abschrauben und das Gewinde demolieren. Ich besaß nämlich nur eine Jeanshose: eine teure, eng sitzende Levi's 501, die ich von der Frau Mama nebst passender Jacke zu Weihnachten geschenkt bekommen hatte. Und meine Tante Gertrud hatte wie immer selbstgestrickte und 1A gebügelte Socken beigelegt, wo es ein zerknitterter Fünfzigmarkschein doch auch getan hätte. Offenbar verspürten Frauen mir gegenüber schon immer den Drang, mich einzukleiden.

Ich hielt es daher für angebracht, die Umwandlung meiner Jeans zum Albino heimlich und erst zwei Stunden vor Beginn der »Disco« in meinem Zimmer mittels eines Waschzubers vorzunehmen. Meine Bude war der muttersicherste Raum im Haus, seit sie zwei Jahre zuvor beim Staubsaugen unter meinem Bett eine bestürzende Entdeckung gemacht hatte. Dort hatte der blöde Alex im Zuge eines makabren Scherzes von mir unbemerkt ein Sado-Maso-Magazin seines Bruders deponiert. Nun ja, immerhin war ich von da an trotz zahlreicher Vergehen nie wieder von meinen Eltern körperlich gezüchtigt worden, da sie wohl fürchteten, ich hätte Spaß daran.

Sobald das Bleichmittel auf der Kleidung getrocknet war, warf ich mich in die neue Schale, übte am Spiegel noch etwas den arroganten Billy-Idol-Blick und schlich mich schließlich zur Hintertür hinaus.

Es hätte ein schöner Abend werden können in der düsteren, von Bässen wummernden und im Gänseblümchenmuster der Diskokugel schimmernden Mehrzweckhalle. Alex und ich fanden in unserer blau-weißen Aufmachung anfangs viel Beachtung, was mein Kumpel sogleich auch flirttechnisch einzusetzen wusste, während ein neidischer Idiot ungefragt zu mir sagte, er hätte mich beinahe mit einer Kuh verwechselt und schon überlegt, mich in einen Stall zu treiben.

Ich war trotzdem stolz auf mich wie ein Pfau. Allerdings fühlte ich mich nach etwa einer Stunde nicht mehr wohl. Meine Haut begann zu jucken und brennen und ich zu reiben und zu kratzen. Irgendwann fiel mir auf, dass in der Halle ein kühler Luftzug herrschte, aber erst als ich nach einem weiteren Rubbeln zu meinem Entsetzen einen zerbröselnden Jackenärmel in der Hand hielt, wurde mir klar, dass die Kälte durch Löcher in meiner Kleidung eindrang. Umgehend warnte ich Alex vor der zersetzenden Rache des Domestos.

»Du Depp«, sagte er. »Hast du das Zeug nach dem Bleichen nicht wieder mit Wasser aus den Klamotten gespült?«

Hatte ich nicht.

Hatte mir ja auch keiner gesagt!

Ausgerechnet in diesem Moment sprach mich Dagmar Kreibich an, ihre Mopedlampen mit Volllicht auf mich gerichtet. Und als sie mir obendrein ein Rumknutschen in der Gasse hinter der Halle in Aussicht stellte, sofern ich ihr eine Fanta spendierte, wuchs mir umgehend eine Überraschungslatte.
Dann zerriss meine Hose im Schritt.
Dann fiel mein linkes Hosenbein ab.
Dagmars kreischendes Lachen und ihr Fingerzeig auf meine zerfetzte Unterleibsregion mit ausgebeulter Unterhose erregte Aufmerksamkeit und immer mehr Leute umringten mich grinsend und johlend.
Plötzlich zupften sie an mir, als wäre ich ein Grillhähnchen. Einer rief mir zu: »Ey, Leprakranker, komm, jetzt tanz' mal, dass die Fetzen fliegen!«
Ich musste hier weg!
Sofort!
Wild mit den Armen rudernd kämpfte ich mich durch die Menge, mit dem fatalen Ergebnis, dass ich den Ausgang nur noch in Unterhose und T-Shirt erreichte.

Der Vorteil, in einer Kleinstadt zu wohnen: Jeder kennt jeden. Der Nachteil, in einer Kleinstadt zu wohnen: Jeder kennt jeden.
Der Tratsch um meinen unfreiwilligen Striptease bereitete mir eine unvergessliche Zeit. Aber das war nichts gegen das Donnerwetter meiner Mutter, die irgendwann beim Wäschemangeln einen Wäschemangel feststellte und anhand einer leeren Domes-

tosflasche im Hausmüll ihre Schlüsse zog. Zur Strafe musste ich bis auf Weiteres an Festlichkeiten die abgelegten, viel zu engen Sonntagsanzüge meines jüngeren Bruders tragen, was wohl im Nachhinein einiges erklärt.

Wenn ich also nun jährlich von meiner Liebsten mit einem neuen Anzug ausstaffiert werde, fühle ich mich darin zwar nicht wohl, aber immerhin laufe ich nicht mehr Gefahr, modischen Peinlichkeiten ausgesetzt zu sein.

Und solange ich kleiner Lesebühnenautor regelmäßig meine Psychopharmaka erhalte, verspüre ich auch nicht mehr das Verlangen, mit einer Machete durch den Wald zu streifen oder mich damit bei einer Lesung durchs Publikum zu arbeiten.

Nur die Waschmaschine bedienen lässt mich meine Frau nicht mehr, seit ich ihr die Domestos-Geschichte erzählt habe. Aber das ist mir Jacke wie Hose.

AUF UNS
INGO KLOPFER

»Auf uns ...«, sagt Matthias.
»Auf uns ...!«, sprechen wir im Chor. Schauen uns alle in die Augen. In unsere Augen mit den tiefen Tränensäcken und Lidfalten. Um sieben Jahre schlechten Sex zu vermeiden. Sex, den wir nicht mehr haben, weil auch unten alles bereits immer schrumpeliger und faltiger wird unter den weißen Umrissen unserer Shorts über den sonnengegerbten Oberschenkeln. Schauen in unsere gebräunten Augen. Gebräunt von der Sonne des Mittelmeers. Der Sonne über dieser westlichen Mittelmeerinsel vor der Ostküste Spaniens. Wo wir uns gerne zusammen feiern. Und damit sind wir nicht allein.
»Auf uns ...«, sprechen wir im Männerchor und stoßen mit unseren Gläsern an.
Wir haben alle schon mindestens zwei Bier und zwei Schnäpse intus. Sind aber nicht betrunken. Nüchtern auch nicht. Nein, das könnte hier keiner behaupten und es ist noch nicht mal 12 Uhr.
Thomas mit »h« ist gerade auf der Toilette. Ich glaube bereits zum zweiten Mal. Ich weiß es nicht genau. Ich habe nicht mitgezählt. Ständig ist einer von uns weg. Nur selten mal zwei zusammen.
Und wenn er zurückkommt, werde ich gehen. Ich setze mich schon in Position. In meinem Augenwinkel sehe ich, dass auch der andere Tomas, der ohne »h« in seinem Namen, schon Richtung Restaurant-

eingang schielt. Auf die Rückkehr seines Namensvetters wartet. Er muss dazu den Kopf drehen. Sein Nachteil. Der Urin drückt ihm auf die Blase. Sein Blasenmuskel lässt ihn hibbelig werden. Er trinkt nur in kleinen Schlucken, damit er nicht überläuft. Ich könnte ihm den Vortritt lassen. Aber warum?
Wir stoßen noch mal an. Auf uns. Und ich spreche es mit und denke an mich. Nur an mich. An mich zuerst. Und dass ich schneller sein werde als Tomas ohne »h«, der – hätte er die Chance – ebenso wenig warten würde wie ich.
Und das tun hier alle. Das ist kein Geheimnis. Dass jeder hier eigentlich nur an sich selbst denkt. Aber keiner spricht es aus. Denn wir sind ja zusammen hier. Sieben Männer im besten Alter. Sieben Männer, die sich seit 35 Jahren kennen. Aber was wissen wir schon voneinander.
Ralf steht auf und sagt, dass er jetzt 'ne Stange Wasser abstellen will. Er steht da und lacht. Lacht und greift sich in seinen kurzbehosten Schritt. Wir lachen mit. Lachen im Kollektiv. Und Ralf sagt »Prost Tata« und lacht und hebt nochmal sein Glas, bevor er geht. Und jetzt muss ich auch darauf achten, nicht mehr in großen Schlucken zu trinken. Damit ich nicht auffalle. So wie Tomas. Der immer weniger spricht und immer urinhibbeliger wird, weil die Blase drückt ... vielleicht auch die Prostata, wer weiß das schon. Es wäre normal. Normal in unserem Alter. Aber das wollen wir auch nicht wahrhaben. So wie die Melancholie und die Gedanken an zuhause und überhaupt.

Ralf ist jetzt schon auf dem Weg und winkt uns nochmal zu. Und Matthias sagt: »Der Ralf«, und lacht und wir lächeln mit. Während der andere Thomas, der mit »h« in seinem Namen, zurück an den Tisch kommt und fragt, ob er was verpasst hat. Und weil das keiner weiß und keiner darüber nachdenken will, was wir vielleicht verpasst haben in unserem Leben, heben wir die Gläser und sagen: «Auf uns ...« Dann ist es still. Unangenehm still. Es breitet sich aus über unseren Tisch. Wir sind jetzt noch zu sechst. Ralf ist ja weg. Ralf, der dann immer einen Spruch parat hat. Ralf, der uns oft peinlich ist und auf den wir alle etwas herabsehen. Weil er nur Sprüche klopft. Immer einen Witz auf den Lippen hat. Weil er ein Verlierer ist. So wie wir alle.

Nur dass man es ihm irgendwie ansieht. Tomas, der ohne »h« in seinem Namen, und ich sind mit dem Unterdrücken unserer Blasen beschäftigt. Die anderen nippen an ihren Bieren.

Matthias holt eine Schachtel Zigaretten hervor. Marlboro. Früher hat sich Matthias die Zigaretten selbst gedreht. Das war, bevor er Jura studiert hat. Bevor er anfing, Anzüge zu tragen. Bevor er der CDU beigetreten ist und lange, bevor er jetzt für die AFD kandidierte. Weil er Angst hat, wie er sagt. Angst vor der Überfremdung. Angst, dass Europa sich verliert. Aber er denkt dabei nicht an Europa. Nicht an Deutschland. Nicht an seinen Landkreis. Nicht an seine Familie. Er denkt dabei nur an sich selbst. Sich selbst zuerst.

Er reicht die Schachtel herum. Und das ist kein Widerspruch. Für jemanden, der zuerst an sich selbst denkt. Denn er hat Angst. Angst vor dem Krebs. Dem Krebs, der jeder Zigarette innewohnt. Und er denkt, wenn wir mitrauchen, dann ist er nicht allein. Und wenn jeder siebte Raucher an Krebs stirbt, dann wird es hoffentlich nicht er sein. Solidarität zum Selbstzweck. Das ist absurd. Das macht keinen Sinn. Aber es ist ihm egal. Hauptsache, es fühlt sich so an.
»Auf uns ...«
Wir greifen alle begierig danach. Nach der rot-weißen Schachtel mit der Cowboyromantik, die wir noch alle kennen. Der Freiheit nach getaner Arbeit. Männerarbeit. Männer mit Lungenemphysemen und Prostatavergrößerung und dem Wissen, dass einer von uns mal an Krebs sterben wird, wegen dieser Zigaretten.
Und wir rauchen schnell, weil Ralf bald zurückkommen kann. Ralf, der immer einen Witz oder Spruch auf den Lippen hat. Ralf, der Verlierer, weil man ihm vor zwei Jahren bereits die Speiseröhre herausgeschnitten hat und den halben Magen. Weil da ein Karzinom war. Dabei hat Ralf gar nicht geraucht. Nur passiv, in seinem Elternhaus und mit uns, in den Kneipen und Bars. Aber das wohl nicht zu knapp. Das arme Schwein, denke ich. Und die anderen auch. Einer von sieben eben, den es trifft. Und wir atmen alle den Rauch aus unseren Lungen und danken Gott dafür. Im Stillen. Denn sonst haben wir uns ja nichts zu sagen. Wir haben ihm ja schon ein Menschenop-

fer gebracht. Das müsste ihn doch versöhnlich stimmen.
Auf uns ..., die wir gesund geblieben sind! Und hoch die Gläser .. und rein in die Leber, die so groß ist, dass wir 90 % von ihr vertrinken können. »Auf uns ...«, und Blut gehustet, wozu brauchen wir schon zwei Lungenflügel. Auf uns und sieben Tage Sonnenschein auf Malle, Sangria und Kopfschmerzen. Wir haben es uns verdient und wehe, jemand missgönnt uns das – oder will uns das gar nehmen.
Ralf ist zurück. Er ist zurück und wir haben unsere Zigaretten längst aufgeraucht und den gefüllten Aschenbecher versteckt. Wenn sie Ralf nicht auch die Nase weggeschnitten haben, muss er das riechen. Er riecht es aber nicht. Er grinst nur. Selig sind die, die so wegsehen können, denke ich. Selig sind die, die verdrängen können. Selig macht uns der Alkohol und es ist noch nicht einmal 12 Uhr.
Ralf hat einen Flyer mitgebracht. Einen Flyer, der für eine 80er Party im Nachbarhotel wirbt. Musik aus unserer Jugend. Musik für uns zum Mitsingen. Musik, die melancholisch machen könnte. Musik, die uns erinnert. Erinnert an die gute alte Zeit. Als wir noch jung waren.
Wo so vieles noch ein »Erstes Mal« war. Musik, die uns melancholisch machen könnte, weil es jetzt vielleicht auch unser letztes Mal sein könnte. Ach was. So jung sehen wir uns nie wieder. »Auf uns ...«, wir stoßen nochmal an, bevor wir zum Mittagsbuffet aufbrechen.

Dann gehen wir zum Pool. Es gibt eine Poolbar. Bier ist inklusive. Harry, der letzte in unsere Männerunde, hat bereits am Vormittag unsere Handtücher auf die Liegen nah der Bar verteilt. Auch er ist Anwalt. Er kennt sich mit dem Vorrecht aus. Gibt es einen Anwalt für Vorrechte? Vorrechte für teure Autos im Straßenverkehr. Vorrechte in der Ehe. Vorrecht im Unrecht. Vorrechte auf Sonnenliegen in Urlaubshotels? Harry wäre dafür geschaffen.
Ich selbst lege mich im kühlen Zimmer nochmal hin. Habe Angst ob meiner hellen Haut. Haut, die leicht verbrennt. Verbrennt und sich danach schälen lässt. Als Kinder wurden wir mit Sonnenöl eingeölt. Palmöl für Bratkartoffeln. Bis wir die Haut dreischichtig abtragen konnten. Ich habe Angst um meine Haut. Angst vor Hautkrebs. Angst, dass meine Haut sich erinnert – denn ich weiß, sie tut es. Meine Haut vergisst nicht. Genauso wenig wie die Speiseröhre von Ralf.
Ich gehe mit langem Hemd und Hose zum Pool.
Tomas ohne »h« liegt in der prallen Sonne. Die kleinen Narben von der Entfernung seiner Melanome hat er mit Pflästerchen verklebt. Die Haut darum herum ist rot. Krebsrot. »Sonnenschutz ist was für Weicheier«, sagt er. Er wird es nie verstehen. Ich werde es nie verstehen. Wir werden es nie verstehen. Warum auch?
»Auf uns ...« Der Barmann an der Poolbar füllt unsere Gläser mit Cerveza auf.

Am Abend dann wanken wir alle zum Nachbarhotel. Das Hotel sieht aus wie das unsere. Es sieht hier sowieso alles gleich aus. Auch die Menschen sind hier gleich. Nur hier werden wir für das Bier bezahlen müssen. Das Bier, das uns helfen wird, die Melancholie zu unterdrücken. Der Schnaps gegen die Angst. Die Angst, dass das »Auf uns« nur eine Illusion sein könnte. Das »uns«, das uns 1985 beim Abitur zusammenkommen ließ. Das »uns«, das uns nach mehr als 30 Jahren hierherbrachte für eine Woche nach Mallorca. Ein »wir« ohne unsere Familien, Eigentumshäuser, Exfrauen und Kinder, Sorgerechtsstreits, Schulden und Bankrotterklärungen und ohne unsere Versagensängste. Nein, wir müssen uns nichts vormachen. Nichts mehr. »Auf uns«, und wer als letzter leer hat, muss bezahlen!

Und sie spielen die Hits von 1985 und wir grölen sie mit, diese Lieder, die uns heute so wie damals auf den Leib geschnitten sind. »Life is life« von Opus. Opus, diese Band aus Österreich mit dem einen Hit: Österreich, dem Land von Haider und der FPÖ. Österreich, das noch mehr Angst hat. Warum sind wir alle eigentlich keine Österreicher?

Und »19« von Paul Hardcastle, weil wir alle 19 waren und »We don't need another hero« von Tina Turner und »Wild Boys" von Duran Duran.

Dann »You can win, if you want« von Modern Talking. Texte so dumm wie Scheiße. Und die doch so zutreffen auf uns. Auf uns Gewinner. Scheiße, die sich anhört wie Synthie-Musik. Synthie-Musik, wo der Blonde der beiden in den Videos immer eine Gitarre in der Hand hält und so tut, als ob er darauf spielen würde. Aber da ist keine Gitarre in der Musik. Nirgendwo. Und ich fragte mich schon damals, wen will er damit verarschen. Uns. Uns etwa? Der blonde Affe, der nur Scheiße redet. Was soll ein Arsch auch sonst tun? Dafür hat Gott dieses Ausscheidungsorgan ja geschaffen. Diesen Gewinnerarsch, der seit dreißig Jahren nur Mist redet. Verarscht uns immer noch.

»Auf uns ...« Die nächste Runde geht auf mich, denn ich werde melancholisch und rückfällig, die anderen waren schneller mit ihren Bieren fertig ... oder haben erst gar nicht angefangen mit Nachdenken. Egal.

Und als sie dann noch Cheri Cheri Lady spielen, muss Ralf, weil er so laut mitgrölt und wegen seines halben Magens ohne Speiseröhre kotzen. Und weil das alles bei ihm jetzt viel kürzer ist als bei uns, kommt das rasend schnell. Es gibt kein Halten. Und die Tanzfläche wird zur Schlammgrube voll Bier, Schnaps und Buffet aus dem Nachbarhotel.

Ich nehme Ralf unter den linken Arm und Thomas mit »h«, der inzwischen irgendwo Kieferchirurg ist und jetzt mit einer seiner Arzthelferinnen zusammenlebt, nachdem seine Frau ihn aus dem gemeinsamen Haus geschmissen hat, unter den rechten. Ralf lässt sich widerstandslos mitnehmen. Ralf, der Witzbold. Ralf ist leicht geworden durch seine spontane Restmagenentleerung und seit seiner Chemo, nach der OP, wo sie ihm die Speiseröhre und den halben

Magen herausgeschnitten haben. Wir bringen ihn auf sein Zimmer. Legen ihn auf sein Bett. Stellen ihm einen Eimer hin. Ralf fragt, ob wir noch auf ein Bier mit ihm wollen. Ralf, der Spaßvogel. Ralf, der Verlierer.

Ich gehe nicht zurück zu den anderen. Die anderen, die noch in einen Nachtclub gehen wollten. Weiber schauen. Weiber, für die sie bezahlen müssen mit ihren schrumpeligen Geschlechtsteilen. Bezahlen mit dem Geld, das sie sich verdient haben. Mit dem Geld, das ihnen Angst macht. Angst macht, dass es ihnen irgendjemand wegnehmen könnte.
Ich gehe auf mein Zimmer. Mein Zimmer, wo ich allein bin. Wo ich melancholisch sein kann. Sein darf. Melancholie.
Ich schalte den Fernseher ein, um auf andere Gedanken zu kommen. Fernsehen hilft da immer. Fernsehen ohne richtig hinzusehen. Fernsehen als Löschfunktion. Fernsehen, um meinen gedanklichen Restmüll, meine Melancholie zu entsorgen.
Und da sind die Nachrichten. Nachrichten. Warum schaue ich Nachrichten? Ich schaue gerne Nachrichten. Weil da soviel Leid ist, das mich nichts angeht? Weil da mein Land ist, das mich beruhigt. Eine Kanzlerin, die beruhigt. Ein Land, das uns beschützt. Ein Land, das mir Angst macht, weil wir so viel zu verlieren haben und das uns deshalb zusammenschweißt. »Auf uns ...«, sagt Seehofer und »Wir zuerst ...«, sagt dieser Amerikaner mit seiner jungen

Frau und seinem schrumpeligen Penis. Der Angst hat und uns Angst macht. Dieser Mann. Wie jeden Tag. Und wie jeden Tag wiederholt er immer wieder das Gleiche, als würde ihm nichts anderes einfallen, und er spricht uns so aus der Seele. Und macht unseren Egoismus zum weltübergreifenden Programm: »You can win, if you want ...« und »America first ...« und »Auf uns ...«

INTEGRATION FÜR ANFÄNGER
KARIN WIEMER

»Guten Tag«, sage ich.
»Guten Tag«, sagt der Mann am Schalter. »Was wünschen Sie?«
»Ich möchte gerne meinen Ausweis abholen.«
»Personalausweis?«, fragt er. »Nein«, sage ich, »den Integrations-Ausweis.«
»Aha.« Sagt er und zieht die Augenbrauen hoch. »Welchen Integrations-Hintergrund haben Sie?«
»Ich bin vor vier Jahren von Stuttgart-Mitte in den Westen gezogen«, sage ich. »Ich habe mich in Mitte zwar wohl gefühlt, aber die äußeren Umstände haben sich verändert und wir sind im Westen sesshaft geworden.«
»Das fällt unter ›Innere Integrität‹, da sind wir nicht zuständig.« Er schaut mich schweigend an. »Aber Sie sprechen nicht Schwäbisch. Sind Sie zugezogen?«

»Jaaa, grundsätzlich schon«, sage ich und werde wohl rot. »Sehen Sie, das hatte ich schon ganz vergessen. Ich bin seit fast 20 Jahren in Stuttgart, aber damals bin ich zugezogen.«
»Woheeer?«, fragt er gedehnt. Und ich habe das Gefühl, dass von meiner Antwort einiges abhängt.
Ich entschließe mich für die Wahrheit, da mir auf die Schnelle ohnehin nichts für mich Vorteilhafteres einfällt.
»Aus Hessen«, sage ich. »Aus Gießen.«
Er schaut skeptisch. Dort gibt es ein großes Auffanglager, weiß ich von meiner Mutter.
»Dort gibt es ein großes Auffanglager ...«, sagt der Mann und neigt den Kopf, als wollte er mich von der Seite mustern.
»Ich bin dort geboren«, sage ich, und seine Augen ziehen sich zu Schlitzen zusammen. »Ha ha«, ich schlage mir mit der Hand an die Stirn, »nein, nein, nicht im Auffanglager. Im Krankenhaus. Ich stamme nur aus Gießen. Gebürtig sozusagen. Meine Eltern wohnen immer noch dort. In einer Doppelhaushälfte.«
Ich lächele schüchtern.
Der Mann bringt den Kopf langsam in die aufrechte Position und nickt ebenso langsam.
»Moment«, fällt mir ein, »ich habe ja vorher in Worms gewohnt.«
»Vor Gießen?«
»Nein, nach Gießen. Nach dem Studium in Lemgo.«
»Handball«, sagt der Mann.

»Ja«, sage ich. »Aber ich nicht.«
»Was haben Sie sonst in Lemgo gemacht?«
Er braucht die Frage nicht zu stellen, ich habe sie ihm aus dem Gesicht gelesen: Was macht man in einer kleinen Stadt – ja, einer sehr kleinen Stadt, bei der man jedes Haus in etwa fünf Minuten zu Fuß erreichen kann – in Ostwestfalen-Lippe, die ausschließlich für ihre Handball-Mannschaft bekannt ist, wenn man nicht Handball spielt?
Wahrscheinlich würde ich mich das auch fragen, wenn ich nicht damals eine andere Idee gehabt hätte. Ich habe studiert. Dort ist es übersichtlich, man kann in Ruhe studieren, sich Zeit lassen, lippischen Pickert essen, es gibt ausreichend männliche Mitstudenten, putzige Studenten-Apartments und eine, ja, eine Studentenkneipe mit Pizzen mit im Nachhinein fragwürdigen Bezeichnungen wie Buxtehude und Billinghausen, aber mit dick Käse drauf. Man muss Prioritäten setzen. Handys waren komplett überflüssig und daher noch nicht erfunden, jedenfalls hier nicht, da man sich immer in dieser Kneipe treffen konnte, falls man sich nicht vorher in der zuführenden Fußgängerzone sowieso schon über den Weg lief. Oder im Studentenwohnheim. Oder im Penny. Oder in der Eisdiele. Ja, das gab es alles. Und eine Stadtbibliothek, ganz neu. Aber da traf man niemanden. Ich sage aber einfach: »Gewohnt. Ich habe dort gewohnt.«
»Aha«, sagt der Mann. »Anscheinend reicht ihm diese Aussage oder er kann sich ohnehin nicht vorstel-

len, dass man dort mehr machen kann als wohnen.
»Also, fühlen Sie sich hier integriert?«, fragt der Mann jetzt und reißt mich aus meiner träumerischen Vergangenheit.
»Tja, ich denke, schon«, sage ich.
»Denken Sie«, sagt der Mann.
»Ja«, sage ich. Ich stutze. »Woran erkennt man das?«, frage ich.
»Da müssen Sie ohnehin diesen Test machen«, sagt er dann und holt einen dicken Packen Papier hervor. »Den Integrations-Test.«
»Ja, natürlich«, sage ich. Eine Behörde ohne Ausfüllen von Papier wäre auch merkwürdig. Um nicht zu sagen, verdächtig.
»Dann legen wir mal los«, sagt der Mann.
»Jetzt gleich?«, frage ich und spüre plötzlich das alte Gefühl von Prüfungsangst in mir aufsteigen.
»Müssen Sie sich vielleicht erst vorbereiten?«, fragt der Mann jetzt und ich höre eine Spur Misstrauen in seiner Stimme.
»Nein, nein«, sage ich schnell und versuche, die Stimme zu festigen.
»Gut, dann wollen wir mal. Erste Frage: Besitzen Sie einen aktuellen Müllkalender?«
Ich bin etwas erstaunt, aber kann erleichtert aufatmen: »Ja, sicher«, sage ich schnell und lächele den Mann an, meine Atmung wird ruhiger, ich fühle mich sicherer.
»Er steckt im Wohnzimmer in diesem Hängeteil, ich weiß nie, wie man so etwas nennt, es ist aus Stoff,

mit vielen Fächern, sehr praktisch, da kann man viele so kleine Papiere und Flyer reinstecken, die wichtigen Sachen, die sonst so rumfliegen und nie zur Hand sind, wenn man sie mal braucht, also, da steckt er. Wir haben ihn nicht aufgehängt, weil da ja schon dieses Teil hängt, mit den Fächern, von dem ich nicht weiß, wie es heißt, aber das macht nichts, ich habe alle Termine in den Wandkalender übertragen. Gerade gestern war zum Beispiel der Gelbe Sack dran. Den nehme ich immer morgens mit runter. Nicht direkt morgens, wenn die Kinder in den Kindergarten gehen, da ist es zu hektisch, aber wenn ich sie abhole, eher mittags, nachmittags also. Und wenn ich es da vergesse, dann abends. Manchmal machen es auch die Nachbarn, die nehmen dann alle Säcke mit. Die haben auch einen. Oder wir machen es für die Nachbarn mit.«

»Ah ja«, sagt der Mann und schaut mich irgendwie so an, ich kann den Blick nur schwer deuten. »Dann kann ich also 'ja' ankreuzen.«

»Ja«, sage ich mit Nachdruck und nicke dazu, »auf jeden Fall.«

»Dann«, sagt der Mann, »nächste Frage: Waren Sie schon mal bei ‚Let's putz?«

»Oh, wunderbar!«, rufe ich, »das Wort hat mich schon immer begeistert, was für eine Schöpfung!«, mein Lachen stürzt sofort wieder ab, »nein«, sage ich, »leider nein, wissen Sie, erst waren wir ja in Mitte, da ist es so schwierig mit dem Putzen, so viel Verkehr, so viele Leute, da kann man nicht in Ruhe sauber machen, wo soll man da anfangen ... Und dann sind wir umgezogen in den Westen, wo wir jetzt wohnen, wegen der Kinder, und dann hat irgendwie die Zeit gefehlt, schon zuhause, da kommt man ja kaum zum Putzen, obwohl die Kinder so viel Dreck machen, das kennen Sie ja vielleicht – oder auch nicht – na jedenfalls, das machen sie, das kann ich Ihnen sagen, und dann werden sie größer und man denkt, das wird besser, aber denkste, jetzt machen sie noch mehr Unordnung und mehr Zeit zum Putzen ist auch nicht, das ist echt ein Dilemma ... Und unter uns, Putzen ist jetzt nicht unbedingt, wie soll ich sagen, eins meiner bevorzugten Hobbys.«

Ich zwinkere ihm zu. Und tue dann lieber so, als hätte ich was im Auge.

»Weiter«, sagt er ungerührt. »Haben Sie Ihren Namen von Hand auf das Klingelschild geschrieben, selbst ausgedruckt oder drucken lassen?«, fragt er weiter.

»Das ist eine gute Frage ...«, sage ich, »eine sehr gute Frage.« Ich überlege fieberhaft. Wie haben wir das gemacht? »Ich weiß«, sage ich dann, um Zeit zu gewinnen, »viele machen das mal so schnell mit der Hand, das sieht aber natürlich nicht so schön aus, verläuft auch leicht, die Farbe – ja richtig, das haben wir auch gemacht – aber das ist ja kein Zustand, das ist ja auf Dauer nichts.«

Ja, jetzt fällt es mir wieder ein: »Wir haben das dann selbst ausgedruckt, das kann man ja dann so richtig schön gestalten. So, wie man das möchte. Und man das gut lesen kann. Das kann man auch jederzeit wieder neu machen, falls es mal nicht mehr gut lesbar sein sollte.«

»Ja, ja«, sagt der Mann. »Das haben Sie gut gemacht.« Er verzieht den Mund.

Ich weiß nicht warum, aber etwas in seinem Tonfall lässt mich an seiner Aussage zweifeln. Haben wir das vielleicht nicht richtig gemacht?

»Möchten Sie dann im Westen bleiben?«, fragt der Mann etwas misstrauisch.

»Ja, sicher«, sage ich, »unbedingt«, und nicke bekräftigend. »Obwohl ..., es gibt natürlich viele schöne Ecken in Stuttgart«, füge ich nach kurzem Überlegen hinzu. Ich will ja gesamtsoziologisch integriert erscheinen und nicht verbiestert lokal-unflexibel. »Und es könnte sein, dass die Wohnung mal zu klein wird. Das kennen Sie ja vielleicht, die Kinder werden größer, man verändert sich beruflich – und zack, ist eine komplett andere Situation da. Auch wohnlich sozusagen. Da muss man flexibel sein und sich auch woanders umsehen. Und einfügen.« Ich schaue triumphierend. »Ach ja, es kann aber auch anders kommen: Jobverlust, kleinere Wohnung. Damit muss man rechnen.«

»Sie wollen sich also langfristig örtlich verändern?«, fragt der Mann und zieht die Augenbrauen hoch. »Dann muss ich ,bedingt' ankreuzen.«

»Um Himmels willen, nein!«, rufe ich und werfe die Arme in die Höhe. »Von Wollen kann ja keine Rede sein! Nur, das Schicksal, Sie verstehen, das hat man nicht immer in der Hand. Wir würden das aber notgedrungen akzeptieren, wir sind anpassungsfähig, ja, das ist es«, sage ich jetzt mit Nachdruck, »so wie ... wie ...«, ich suche nach einem Beispiel, »wie mit ‚Stuttgart21'«, rufe ich erleichtert, »das haben wir auch akzeptiert, den Entscheid, obwohl wir das nicht wollten ...«

»Sie waren dagegen?«, fragt er jetzt und legt den Stift beiseite.

»Nein, nicht direkt dagegen, obwohl, eigentlich schon, na ja, das ist ja eine höchst komplexe Materie, alles hat zwei Seiten, gut und schlecht, das lässt sich ja nicht immer so trennen, ich bin gegen reines Schwarz-Weiß-Denken ...«, ich überlege, wie ich da raus komme und gehe zum Angriff über: »Ist das auch eine Frage auf dem Bogen?«

»Hm, nein«, gibt er zu.

»Na dann«, sage ich, »ich will ja Ihre Zeit damit nicht übermäßig strapazieren, nicht wahr. Also, was ich sagen wollte: Wir sind bereit für alles.«

»Für alles ...?«, fragt er, »da kommen wir doch gleich zur nächsten Frage: »Sind Sie radikal engagiert?«

»Puuuh«, entfährt es mir, »das sind aber schwierige Fragen«, mein vorsichtiges Lächeln wird vom Gegenüber geräuschlos verschluckt, »na ja, ich bin bei Slow Food, Sie wissen ...« »Nein«, sagt er.

»Ach so«, sage ich, »na ja, muss ja nicht, also das ist eine Vereinigung für gutes, sauberes, faires Essen, gegen Verschwendung, zurück zu den Wurzeln, na ja, nicht nur zu Wurzeln natürlich, zu ursprüngli-

chen Lebensmitteln, alten Sorten – aber nicht rückwärtsgewandt, so nicht, nur wieder mehr natürlich, Betonung auf Natur, Leben und so, auch Genießen, sicher, ja, aber nicht nur. Engagement, ja, das schon, aber radikal, ich weiß nicht, nicht so wirklich, also ich gehe nicht in den Supermarkt und schreie: ‚Raus mit dem Massenfraß, widerlich, alles vernichten, Tierquäler-Fleisch, nährstoff-freier Essensfake – nieder damit!' – oder so«, sage ich und halte inne. »Nein«, sage ich fest, »so nicht. Nicht radikal, sondern gemäßigt. Nur Apelle, an den gesunden Menschenverstand.« Ich stutze. »Was bei ungesundem Essen aber bald nicht mehr möglich sein wird.« Meine Stimme wird ungewollt schärfer. »Da muss aber wirklich etwas geschehen«, sage ich, »so geht das nicht weiter. Wir verdrücken so miese Lebensmittelsurrogate, die geschmacklich mit den Originalen kaum mehr etwas gemein haben, die Natur gar nicht mehr kennen, in der sie hätten wachsen und gedeihen sollen – und wir werden davon krank. Und noch dazu sterben große Teile der Weltbevölkerung an Hunger, weil wir dieses transzendierte Gekröse essen – oder noch schlimmer: WEGWERFEN! Stellen Sie sich das mal vor! Ist das gerecht? In Ordnung? Gibt es dazu auch einen Fragebogen? Und überhaupt: Wo kaufen Sie denn so ein? Und was?«
Der Mann weicht zurück und schaut sich um.
»Ja, Sie«, sage ich. »Jeder ist gefragt.«
»Manchmal bei Lidl. Oder Aldi«, gibt er zu. »Aber auch auf dem Markt. Nur die Zeiten«, sagt er, »da

muss ich ja arbeiten«, er zuckt entschuldigend mit den Schultern.

»Ja, ja, ja«, rufe ich, jetzt in Fahrt gekommen, »das sagen sie alle.« Ich seufze und schaue auf die Uhr. Ich will ja noch einkaufen. Bei Aldi gibt es gerade supergünstige Hosen für die Jungs.

»Also«, ich räuspere mich, »wie war noch mal die Frage und was ist da die richtige Antwort?«

»Moment«, er beugt sich erleichtert über den Fragebogen, »ob Sie radikal engagiert sind – und 'nein' wäre wohl richtig.«

»Gut, also 'nein'«, sage ich, »und ich müsste dann los.«

»Wir sind dann auch fertig«, sagt er beflissen. »Ich kann sagen, Sie sind bestens integriert. »Und«, er macht eine bedeutungsvolle Pause, »Sie bekommen sogar ‚Wutbürger-Status'.« Er strahlt mich an – ich strahle fragend zurück.

»Was bedeutet das?«, frage ich lieber noch mal nach.

»Sie dürfen unbegrenzt montags demonstrieren und sich bei der Bürgerbefragung im Internet aufregen«, sagt er.

»Fein«, sage ich, als ich meinen Integrationspass mit Wutbürger-Stempel entgegennehme, »das wollte ich schon immer.«

DIE DUNKLE SEITE DER HOMÖOPATHIE
MARCUS SAUERMANN

Es wird ja viel getuschelt auf dem Land, etwa dass ich nagelneue Geländewagen grundlos zerkratzen und im Supermarkt mit einem Megaphon wie ein Verrückter herumschreien würde.
»Wie ein Verrückter« ganz bestimmt nicht und wenn ich mir schon die Mühe mache, Geländewagen zu zerkratzen, dann bestimmt aus gutem Grund. Es ging um nichts Geringeres als die Rettung der Welt. Aber lassen Sie mich erklären ...
Similia similibus currentur! (Ähnliches soll mit Ähnlichem geheilt werden.) Diese bereits 1796 vom deutschen Mediziner Samuel Hahnemann formulierte Grundannahme findet bis heute in der Homöopathie Anwendung. Medizinisch wirksame Substanzen, die in hoher Dosierung beim gesunden Menschen bestimmte Krankheitssymptome hervorrufen, können beim kranken Menschen in sehr sehr niedriger Dosierung eben diese Krankheitssymptome lindern.
Beispiel: Coffein. In hoher Dosierung hält es wach, in niedriger Dosierung, hoch potenziert, also mit Alkohol oder Zucker verdünnt, wird es als »Coffea Globuli« gegen Schlaflosigkeit verabreicht.
Bekanntes Beispiel bei Eltern: »Arnika«. Bewirkt beim gesunden Kind typischerweise Vergiftungserscheinungen: Das Kind fühlt sich schlecht, wund,

erlahmt in seinen Bewegungen und zeigt eine Überempfindlichkeit gegenüber Berührung. Das gleiche Mittel, zerrieben und immer wieder mit Zucker verdünnt, kann genau diese Symptome lindern, wie sie etwa im Zuge von kleinen Verletzungen auftreten.

Nicht umsonst sind Arnika-Globuli ein Must-have in jedem Hanfrucksack engagierter Eltern.

Sicherlich ist es schön, mit homöopathischen Mitteln kleinere Erkältungsbeschwerden oder Magenverstimmungen zu lindern, aber sind das die wirklichen Geißeln der Menschheit? Was ist mit Aids? Warum versucht eigentlich keiner mal HIV-infiziertes Sperma, das beim gesunden Menschen Aids verursachen könnte, zu trocknen und mit Zucker zu verdünnen?

Was tun? Think global, act local.

In meinem Versuch, die Menschheit zu retten, schaue ich, was ich vor Ort »local« finden kann, um einer »global« Menschheitsrettung ein Stückchen näher zu kommen.

Ähnlich viele Menschen wie durch AIDS sterben Tag für Tag im Straßenverkehr. Betrachten wir die Sache wissenschaftlich ganz im Sinne Hahnemanns: Unzählige Menschen kommen um durch eine Überdosierung von Motorhauben besonders PS-starker Fahrzeuge.

So, und wenn ich jetzt mit einer vorher natürlich abgekochten sterilen Feile an der Motorhaube eines »local« vor unserem Haus abgestellten Porsche Cayennes medizinisch wertvollen Abrieb extrahiere, um ihn anschließend in Verkehrstod-behandelnden

Globuli zu verarbeiten, dann ist das ja wohl das Gegenteil von: »Sachbeschädigung« und »Du hast mein schönes Auto ruiniert!«
So aufgebrachte Porsche Cayenne-Besitzer machen sich oft gar nicht die Mühe, mal nachzufragen, warum und wieso da genau gekratzt wird. Die sind regelrecht gefangen in ihrer selbstverschuldeten Unvernünftigkeit ... schreien mich an mit groll-geröteten Wangen bei eher durchscheinendem Hauttyp und nervös-cholerischer Neurastheniker-Natur. Fachkundig greife ich also in meinen Hanfrucksack und gebe ihm 3 Kügelchen Kalium phosphoricum D6 und 5 Kügelchen Nux vomica D12 (das hilft im Übrigen auch gegen Haarausfall und Eierstockzysten).
Statt dieses – doch recht fachkundige – Hilfsangebot dankbar anzunehmen, schlägt er mir die Globuli aus der Hand, so dass sie die Straße herunterrollen. »Mit so einem Esoterikquatsch« bräuchte ich ihm gar nicht erst zu kommen. So, und hier spielte jetzt das Leben rein und hat mal kurz gezeigt, wer recht hat...
In diesem Moment kam nämlich ein Laster hinter dem auf der Straße zeternden Mann um die Ecke auf uns zugerast und hätte ihn ganz gewiss erfasst, wenn der Laster-Bremsweg nicht mitten durch die beruhigungs- und ruhefördernden Globuli geführt und diese über seine Reifenprofile in die Lasterseele eingerieben hätte.
Da war das Staunen groß, wie so kleine hoch verdünnte Kügelchen einem solch gewaltigen Stahl-Koloss so prompt zur Ruhe verhelfen können.

Mit dem ebenfalls recht aufgebracht wirkenden LKW-Fahrer (eher so ein wortkarger Sulfur-Typ mit phlegmatischer Grundkonstitution) habe ich dann je 20 Tropfen »Chamomilla C30« gehoben.

In angenehmer Plauderatmosphäre kamen wir ins Gespräch und es stellte sich heraus, dass er mich vom Hören-Sagen kannte. Auch zu ihm war wohl inzwischen das Gerücht vorgedrungen, ich habe neulich im Edeka »wie ein Verrückter« herumgeschrien. Dafür gäbe es natürlich, hab ich ihm erklärt, einen guten Grund, für den man sich – wie bei allen wahrhaft guten Gründen - Zeit nehmen muss, ihn zu verstehen...

Sicherlich habe ich im Supermarkt herumgeschrien, aber durchaus im vollen Besitz meiner geistigen Fähigkeiten und Wahrnehmungen (dank Barium carbonicum D12-Tropfen). Dank dieser hatte ich nämlich mitten im Edeka gemerkt, dass die Angestellten dort alle Kunden mit Hilfe eines Geheimcodes fortwährend beleidigen. Ich bin wirklich ein ruhiger, ausgeglichener Pulsatilla-Typ, aber ich will mir nicht fortwährend sagen lassen: »13 die 4« oder »21 die 2«. Hab ich mir alles aufgeschrieben und einfach mal nachgeforscht, was es damit auf sich hat. Sind damit Stellen in der Bibel gemeint? Hab ich nachgeschlagen, danach würde »13 die 4« bedeuten (Korinther 13, die 4): »Selbst wenn ich all meinen Besitz an die Armen verschenken würde, hätte aber keine Liebe, dann wäre alles umsonst.«

Aha, »alles umsonst«, also ein verdecktes Angebot an alle Gläubigen, habe ich mir gedacht und bin an dem Tag mal einfach so durch die Kasse gegangen, hab mich noch – mit einem konspirativen Blick zur Kassiererin – bekreuzigt.
Denkste. Gab Ärger. Das war's also nicht.
Hätt' ich mir auch denken können, dass die Edeka-Belegschaft ein gottloses Volk ist.
Um diese geheimen Code zu knacken, muss man sich sehr tief in die historischen Abgründe des Edeka-Marktes begeben. »E.d.K.« wurde gegründet im Deutschen Reich als »Einkaufsgenossenschaft der Kolonialwarenhändler im Halleschen Torbezirk zu Berlin«. Bin ich hingefahren, da steht aber jetzt eine denkmalgeschützte U-Bahn-Station. Von der aus bin ich mal 13 Stationen mit der U4 gefahren (13 die 4) und landete so kurz vor Potsdam. Fehlanzeige. Dort gab es nicht mal ein Klo, um kurz pinkeln zu gehen. Also wieder zurück zum Halleschen Tor.
Und was fiel mir da auf? In der U-Bahn-Station »Hallesches Tor« gibt es zahllose Schmierereien an den alten denkmalgeschützen Wänden mit zum Teil übelsten Beschimpfungen und Verfluchungen. Hab ich mir alle der Reihe nach notiert und dann ergibt so etwas wie »13 die 4« auf einmal durchaus einen Sinn. Der 13. Spruch am Halleschen Tor lautet nämlich: »Verrecke, Alter«… und der 4. »Kackarsch«. 13 die 4 bedeutet also »Verrecke, alter Kackarsch!«
Und »21 die 2« heißt »Nie wieder Krieg« und »Hertha BSC forever«… da bin ich noch am Entschlüs-

seln... Hertha jedenfalls heißt die Wurst bei Edeka, soviel ist schon mal klar ... vielleicht bedeutet es dann »Nie wieder kriegst du die Hertha... BSC forever«, BSC könnte heißen: »bekackter scheiß Cunde« ... Kunde mit C, was will man da erwarten?

Wer also will es mir verdenken, wenn ich nach dieser Enthüllung versuche, den Edeka-Markt mit seinen eigenen Mitteln zu schlagen und mit einem Megaphon ganz in ihrem verschlüsselt vulgären Sinne zurückschreie. Die Bedeutung dessen, was ich da verkündet habe, möchte ich hier allen ersparen, aber die Gesichter hättet ihr sehen sollen, als ich mit einem Megaphon durch den Markt gerannt bin: »17« die »9«, »17« die »9«, »17« die »9«, wenn nicht sogar die »5«!

Kann man sich vorstellen, was die da gedacht haben: »Der homöopathische Weltenretter hat unseren Code geknackt, verdammt!«

EINE NICHT FERNE ZUKUNFT - RÜCKBLICKEND BETRACHTET
VOLKER SCHWARZ

Unlängst fiel mir ein Karton alter Fotos in die Hände, als ich auf Geheiß meiner Frau unseren Dachboden hinsichtlich erhaltenswerter Dinge durchforstete, da sie diesen nach Lektüre von »50 Shades of Grey« nun geräumt und zu einem Bondage-Kerker ausgebaut haben wollte.

Zwischen all den zweidimensionalen, vorwiegend in schwarz-weiß erstarrten Vergangenheitsabdrücken stach mir ein vergilbtes Polaroidfoto ins Auge. Aufgenommen im vorigen Jahrhundert, zeigte es einen etwa 14jährigen Jungen in angestrengt lässiger Pose und übergroßer Lederjacke, der auf einem orangefarbenen Kreidler Flory-Mofa saß - das Modell mit Dreigangschaltung und Sitzbank. Der Versuch, cool zu wirken, war dem Milchbubi peinlich misslungen. Seine Haare hatte der Knilch vorne kurz, oben igelartig und hinten lang gehalten. Gesamtheitlich ein bedauernswerter Anblick. Dieser Junge war ich.

Ich gehöre jener Generation an, die Vokuhila trug, lange bevor dieser Kopfputz so genannt und ihren Trägern kostenlose Therapien angeboten wurden. Keine Ahnung, wie um 1980 der Rest im Land auf diesen Haarschnitt verfiel – meine Freunde und mich inspirierte damals ein ganz bestimmter Film zum diesbezüglichen Imagewechsel. Und schon loderte die Flamme der Erinnerung auf, denn beides, Frisur und Film, zeichneten damals mitverantwortlich für zwei unsägliche Verluste.

Und das kam so: Anno 1980 warf der Film »Mad Max« im Schaukasten unseres kleinstädtischen Kinos mittels eines bedrohlich aufgemachten Filmposters seine postapokalyptischen Schatten voraus. Zusätzlich schockten im Aushang angepinnte Bilder mit grausigen Filmszenen, von denen ich Angstzustände bekam. Es war die Furcht, diesen gewiss obercoolen Film zu verpassen.

Als Entschuldigung für meine damalige Blutgier möchte ich vorbringen, dass ich vierzehn Jahre alt war, mich also auf dem Höhepunkt jugendlicher Orientierungslosigkeit befand. Da brauchte es nicht viel, um in meinem Hormonschaltkasten einen euphorischen Kurzschluss auszulösen.

Den Vokuhila verpassten wir uns erstmals, kaum, dass wir die Filmvorschau zu »Mad Max« gesehen hatten. Ruckzuck war der coole Igelschnitt des jungen Mel Gibson in unserer Gegend der letzte Schrei – zumindest meine Mutter lief schreiend davon, als sie mich erstmals so sah. Und natürlich bestellte damals beim Friseur niemand »Bitte einmal Vokuhila!« Nein, man sagte nur: »Ich möchte eine Mad-Max-Frisur!« Das war für den Barbier ausreichend Information. Schon tanzte seine Schere über die seitlich gescheitelte Konfirmandenmatte, die überwucherten Gehörorgane sahen nach Jahren erstmals wieder Sonnenlicht und fertig war die Klobürste mit Ohren.

Ihre Endfassung erhielt der Vokuhila schließlich, indem man – zum Zeichen der persönlichen Wildheit – am Hinterkopf einen fettsträhnigen Nackenspoiler stehen ließ bis ungefähr zu der Stelle hinab, wo einem der Th1-Bandscheibenvorfall diagnostiziert wird.

An diesem Punkt könnte man sich fragen, was dazu geführt hatte, dass ein so genialer Freigeist wie der meinige ebenfalls auf dieser quasi haarsträubenden Welle des Mainstreams ritt. Daher sei wiederholt auf meinen minderjährigen Geisteszustand verwiesen. In diesem Alter herrscht das Pinguinprinzip: Man steht besser in einer Herde zusammen, geschützt vor den rauen Winden mitschülerlicher Drangsalierung, als jeden Tag nach Schulschluss kopfüber in einem Mülleimer zu stecken. Und ein Rudel definiert sich nun mal über Gemeinsamkeiten - unter anderem sorgte in unserem Falle die Haartracht für Eintracht. Schnittpunkte quasi wörtlich genommen.

Wie auch immer. Meine Metamorphose war nicht mehr aufzuhalten. Die extraordinäre Haarpracht kombinierte ich mit einer Motorradjacke, beziehungsweise einer kostengünstigeren Kunstlederattrappe des Mad Max-Vorbilds. Die Botschaft an die hiesige Damenwelt war dennoch eindeutig: Ladys, eure Gebete wurden erhört, ein Hammertyp ist in der Stadt! Apropos: Für pubertäre Sexualtheoretiker wie meine Freunde und mich gab es die bombastischsten Schnecken auf dem Pausenhof des Gymnasiums zu bestaunen. Explizit gedachte ich durch mein neues

Outfit eine bestimmte Sahneschnitte zu beeindrucken: die löwenmähnige und stets BH-freie Angelika Schulz, vor allem fast unerträglich schön anzusehen, wenn eingezwängt in Tank Top und Stretchjeans. Sie ging in die zehnte Klasse der Penne und hatte mich einmal angelächelt, als ich mein Mofa am Zebrastreifen stoppte, um sie passieren zu lassen.
Juckt der Säbel, kommt ein Krieg. Von da an stahl ich mich nahezu in jeder Großen Pause unerlaubt vom Realschulgelände über die verkehrsberuhigte Straße hinüber zum Gymnasium, in der Hoffnung, noch einmal von Angelika angelächelt zu werden – und dann wäre mein Gesicht nicht von Sturzhelm und einem bis zur Nase hochgezogenen Halstuch verdeckt. Den geteerten Rubikon während der Unterrichtszeit zu übertreten wurde allerdings mit einer fünf DIN-A4-Seiten langen Abschrift aus dem Geschichtsbuch geahndet, weshalb meine Historienkenntnisse heute ganz hervorragend sind.
Ich also, der ultimative Ladykiller mit astrein gestriegeltem Skalp und gehüllt in heroisches Polyvinylchlorid, machte mich auf, eine total dufte Puppe klarzumachen. In einer denkwürdigen Großen Pause ging ich eiskalt auf Angelika zu und fragte ... ob du ... mit mir ... eventuell ... also vielleicht ... nur so ... ins Kino? ... gehen ... willst. Ihr meine Filmauswahl mitzuteilen, hatte ich nicht mehr die Kraft. Aber ohnmächtig wurde ich erst, als ich mich schon wieder auf dem Realschulgelände befand und begriff, dass sie mir tatsächlich zugesagt hatte. Nun ja, genau

genommen hatte sie eingewilligt, zusammen mit mir und einigen ihrer Freunde ins Kino zu gehen, weil sie das sowieso vorgehabt hatte - aber ich war derjenige, der sie abholen durfte!

Am Abend der »Mad-Max«-Filmpremiere eierte ich also auf meinem von Fehlzündungen vorwärts geworfenen Mofa zu Angelikas Elternhaus. Und bevor jemand fragt: Ja, auch schon damals war es einem Vierzehnjährigen verboten, ein Fahrrad mit Hilfsmotor zu lenken, doch meine Lebensumstände ließen mir keine andere Wahl.

An meiner kosmopolitischen Manier erkennt ein jeder sofort, dass ich nicht aus kleinstädtischen Verhältnissen stamme – vielmehr bin ich in einem abgelegenen Dorf aufgewachsen. Wir wohnten am Ortsrand, aber das traf dort ja auf alle Häuser zu. Für seine Mobilität hatte hier jeder selbst zu sorgen – der Begriff Öffentlicher Personennahverkehr bedeutete hier nur etwas Unsittliches. Demgemäß war für uns das Schwarzfahren mit Traktor und Mofa ab früher Jugend eine notwendige Tradition, um die auf dem Feld hart arbeitenden Eltern zu entlasten.

Ich musste die galaktische Angelika mit meinem fahrbaren Keuchhusten ein paar hundert Meter entfernt von ihrem Haus aufgabeln. Ihre Eltern durften nicht mitbekommen, dass sie mit einem so cool frisierten und wilden Hund wie mir ausging. Zumindest redete ich mir das euphorisch ein, aber vermutlich hatten die besorgten Alten ihr einfach generell verboten, ein Zweirad zu besteigen.

Zu zweit auf einem Mofa fahren kostete 1980 zwanzig D-Mark Ordnungsstrafe, wie ich drei Minuten später erfahren durfte. Wenigstens beließen es die Cops dabei, als ich ihnen erklärte, meine Fahrlizenz zu Hause in einer anderen Jacke vergessen zu haben – der Mofaführerschein war erst vor kurzem amtlich eingeführt worden und wurde noch von niemandem ernst genommen. Aber mein monatliches Taschengeld war jetzt perdu für das sehr kurze Glück einer sich an meinen Rücken lehnenden Angelika.

Wir eilten zu Fuß weiter Richtung Kino. Die Zeit wurde knapp, und ich konnte meiner Angebeteten nur japsend folgen, da ich ja nebenbei mein Mofa schieben musste. Vor dem Kino standen viele Leute rauchend und quatschend herum. Ich stellte meine Maschine hastig auf dem Parkplatz ab, sagte Angelika, dass ich die Kinokarten holen ginge und stürzte mich ins Getümmel. Sie rief mir etwas Unverständliches hinterher, aber das konnte sie mir ja nachher auch noch sagen, denn jetzt galt es vorderhand, meine Freunde zu finden und diese rasch um zehn Mark und fünf Zigaretten anzuschnorren: zweimal vier Mark für den Eintritt plus zwei DEmm für zwei Dosen Cola. Die fünf Kippen waren für den erstbesten Sechzehnjährigen bestimmt, der bereit wäre, mir die Eintrittskarten für den nicht-jugendfreien Film beim alten Kinobesitzer an der Kasse zu besorgen. Dessen Frau in ihrer Funktion als Kartenabreißerin zu überwinden würde kein Problem darstellen. Durch ihre Brillengläser, dick wie die Böden von Colaflaschen,

erkannte sie längst nicht mehr, wer ihr den grauen, zwei Briefmarken großen und mit »Sperrsitz« bedruckten Papierstreifen hinhielt, um sich davon das rotgestreifte perforierte Dreieck abreißen zu lassen. Der Endzeitfilm Mad Max war ausverkauft und ich verstand augenblicklich, was man sich unter einer Apokalypse vorzustellen hatte.
Ich suchte nach Angelika, doch sie war verschwunden. Meine Freunde sagten, ich solle die Schnalle für heute sausen lassen, ab jetzt zähle nur noch die Frage, wie man mich noch rechtzeitig vor Filmbeginn ins Kino geschmuggelt bekam. Für Plan B ließen meine Jungs also ihre Karten abreißen und gingen hinein, während ich mich draußen um die Ecke begab und an einer der Seitenausgangstüren, die vom Kinosaal direkt nach draußen führten, lauerte. Sobald das Vorschauprogramm begann, wäre der Kinosaal abgedunkelt und es würde kaum auffallen, wenn die Freunde eine der alten hölzernen Flügeltüren kurz einen Spalt öffneten und ich hineinschlüpfte. War ja nicht das erste Mal, dass wir die Sache so handhabten.
Unser pensionsberechtigtes Lichtspielhaus befand sich in einem jämmerlichen Zustand. Den eingestaubten Wandputz des Vorraums zierten rundum Plakate bald eintreffender Filme, die in Kinos größerer Städte längst schon gezeigt wurden. Vereinzelte Lücken belegten die Existenz von Souvenirjägern. Auch ich hatte hier diverse Filmposter diskret entfernt – reine Vorsichtsmaßnahme, bevor sie noch je-

mand stahl. Ein verglastes Holzkabuff links vor dem Flur zum Filmsaal fungierte als Kinokasse, das der korpulente Kinobesitzer nahezu vollständig ausfüllte – einziger Umschlagplatz für Kinokarten, Dosengetränke und kleine Tüten mit Süßigkeiten. Es ging das Gerücht um, in amerikanischen Kinos wäre frisches Popcorn erhältlich – aber das war bestimmt nur eine Legende. Trat man schließlich in den düsteren Flur zum Saal, schlug einem zuerst der beißende Geruch einer gärenden Toilettenanlage entgegen. Im Großen Saal changierte das Odeur sodann zwischen kalter Zigarettenasche und süßlich riechendem Putzmittel. Trübe schimmernde Leuchten. Ausgebleichte und eingestaubte, ehemals rote Wandbespannung. Quietschende, scheiß unbequeme Klappsitze voller Brandlöcher. An keinem anderen Ort war ich lieber.

Wie bei allen hier gezeigten Filmen wurde auch der Vorspann von »Mad Max« noch auf den gewellten Samtvorhang projiziert, während sich das rote Ungetüm träge teilte. Ich habe nie herausgefunden, ob dies als Effekthascherei gewollt oder einfach nur einem völlig verpeilten Filmvorführer anzulasten war. Wie auch immer, sobald es geschah, hob mein Puls an und produzierte Thrombozyten-Schlagsahne. Endorphine ohne Ende. Und als schließlich die erste Filmszene einsetzte, untertitelt von den mystischen Worten »In nicht ferner Zukunft«, erfasste mich wie immer dieser hypnoseähnliche Zustand. Das Geschehen auf der Leinwand zerrte an jeder Faser von mir, und ich wurde in diesen Mikrokosmos eingesaugt wie die Luft in den gigantischen Turbolader des verrückten Max.

Auch Minuten nach Filmende war mein Geist noch immer in der Welt von Max Rockatansky gefangen. Unsterbliche Worte, wie etwa »Das ist Cundalini, er hätte gerne seine Hand wieder«, hallten in mir nach. Ich sah meine nicht ferne Zukunft vor mir liegen. Darin sorgte ich als furchtloser Held in Lederkluft auf meinem Mofa für Recht und Ordnung in dieser niedergehenden Welt - und nebenbei rettete ich Angelika Schulz aus den Klauen fieser Bösewichte wie Toecutter und Bubba Zanetti.

Angelika! Verdammte Scheiße! Da war doch was. Aber wo war meine Göttin abgeblieben?

Ich entdeckte sie schließlich unter den Leuten, die soeben den zweiten Kinosaal verließen und ein Schauder ließ das Gel in meinen Haaren zu einer Staubwolke verpuffen. Angelika hatte sich offenbar »Hair« angeschaut. Ihre Arme waren um den muskulösen Körper eines wuschelköpfigen Oberstuflers mit Morgens-Aronal-abends-Elmex-Grinsen geschlungen, zweifellos Sport-LK. Knutschflecken am Hals. Beide. Als sie vorübergingen, lächelte Angelika mich leicht verlegen an, während der blondgelockte Hippie in ihrem Clinch mir zurief: »Hey, Kumpel, hol sie nächstes Mal früher ab, wir hätten beinahe den Film verpasst.«

Sich einsamer fühlen als ich in diesem Moment war nicht möglich. Dachte ich zumindest. Doch dann entdeckte ich auf dem Kinoparkplatz die leere Stelle, auf der eigentlich mein tuberkulöser Zweitakter stehen sollte. Irgendein Spasti hatte mein klappriges Mofa geklaut, das ich in all der Hektik nicht angekettet hatte.

Da stand ich, um Liebe und Mofa gebracht. Und nirgendwo da draußen war ein Mad Max, der das alles wieder richten würde. Ich heulte vor aller Augen los wie ein Schlosshund. Diese klaffenden Wunden würden niemals heilen.

Selbstredend heilten sie. Irgendwann erkannte ich, dass die Welt es nicht wollte und alle Angelika Schulzes darin es nicht wert waren, von mir gerettet zu werden. Also stieg ich in die Baubranche ein, um mir meine eigene Welt zu erschaffen - aber damit meine ich weder Hoch- noch Tief-, sondern den Satzbau. Heute bin ich ein erfolgreich frisierter Autor, der das finstere Tal der Unreife hinter sich gelassen und den Olymp des rationalen Denkers erklommen hat. Und wenn ich gelegentlich mit meinen Mad Max The Road Warrior-Actionfiguren spiele, dann wird mir dabei immer wieder klar: Das Leben ist wie eine schlechte Frisur - vorne zu lang, hinten raus zu kurz.

SUCHE, DENN DU WIRST NICHTS FINDEN - TEIL 7 - ZWEI JAHRE SPÄTER, UND DU BIST DA, WO DU ANGEFANGEN HAST
INGO KLOPFER

»Hallo ... : ~)« (dahinter drei vielsagende Punkte und dann dieses vermeidliche, allgegenwärtige und nicht mehr wegzudenkende Opportunistensmiley.)
Gefolgt von etwa 51mal: »Du siehst echt hübsch aus!« (Versehen mit Ausrufezeichen und Smiley.)
So was hätte mir auch mal gefallen: Dass ein paar nette junge Frauen mir das einfach so schreiben. Dass ich echt hübsch aussehe. Nicht, dass ich das wirklich tue oder von mir glaube zu tun, aber das wäre doch mal ein Anfang gewesen. Müssen ja nicht gleich 50 auf einmal sein. Aber klar, wenn man diesen kurzen, von Allgemeinplätzen nur so strotzenden Satz 51mal innerhalb von 20 Minuten bekommt, dann muss man sich schon fragen, was dieses als originell gedachte Kompliment eigentlich für einen Wert hat. Insbesondere, wenn dazwischen noch weit anzüglichere Komplimente kommen, wie z.B. 23mal der unheimlich originelle Einwortsatz: »Sexy!«
Gesteigert durch die spontane, wortfindungsreiche Gefühlsbekundung: »Wow, sexy!«
Dann natürlich obligatorisch Sätze von Menschen, die den ganzen Tag Internetpornos schauen und einfach nicht mehr unterscheiden können, ob sie gerade

auf 'ner Sex- oder Partnerschaftsbörsenseite sind ... wenn diese Leute überhaupt noch irgendwas unterscheiden können, wenn es nicht wie Titten, Ärsche, Mösen und Penisse aussieht.
»Du hast einen geilen Mund, da passt mein Schwengel genau rein!« oder
»Ich habe direkt auf dein lächelndes Gesicht abgespritzt, als ich dein Bild gesehen habe ... soll ich dir ein Picture davon schicken?«

Woher ich das alles weiß? Nun ja, nach all den verzweifelten Versuchen, über die organisierte Partnerschaftsvermittlung noch mal die große Liebe zu treffen (Jumping Dinner, Speeddating, Singlereisen, Yogakurse etc.), trieb es mich zurück in den privaten, anonymen Bereich der virtuellen Partnerschaftssuche im Internet.
Inzwischen bin ich aber schlauer und melde mich auf Datingseiten an, die garantiert kostenlos sind ... wobei das bei den meisten bereits nach eine Woche nicht mehr der Fall ist. Spätestens dann, wenn man eine erste Antwort von einer potentiellen Singlekandidatin seiner Wahl auf seinen schmachtenden Brief hin bekommt, kann man ohne Bezahlung nicht antworten.
Nur eine Seite, FINYA, die sich eher nach einer Damenbinde als nach 'ner Datingseite anhört, blieb tatsächlich kostenlos, auch wenn da pausenlos irgendwelche Werbung den Bildschirm überdeckt und man das »Schließen«-Kreuz vergeblich sucht.

Mit leicht erhöhtem Aufwand gibt man seine Daten, ein Motto und Statements zu irgendwelchen Fragen ein. Aus Erfahrung mache ich mich von vornherein fünf Jahre jünger, denn das machen ja alle hier ... und suche Bilder, die noch jenseits der Altersfalten- und Altersfleckengrenze aufgenommen wurden.

Weil ich bei einer wissenschaftlichen Sendung bei 3sat letztens gesehen habe, dass Portraitbilder mit einem lachenden Menschen darauf viel sympathischer erscheinen und so viel mehr Zuspruch finden, suche ich nach Bildern, auf denen ich lache ... oder zumindest lächle ... oder wenigstens nicht ganz so grimmig dreinschaue. Aber es gibt keine.

Cool, distanziert, etwas arrogant und unnahbar ... so habe ich in den 80ern das Posen gelernt. Selbst jetzt, im digitalen Fotozeitalter, wo man alles und jedes fotografiert, weil man das Smartphone immer zur Hand hat und auf Speicherkarten unendlich viele unnötige Fotos speichert, findet sich kein Photo von mir, auf dem ich mal offen und freundlich in die Kamera lächle.

Ich probiere es mit Selfies, wobei die Linse der Kamera irgendwie automatisch fokussiert, was zur Folge hat, dass irgendein Gesichtsorgan unverhältnismäßig groß erscheint. Hängt mein linkes Auge wirklich? Ist meine Nase wirklich so grobporig? Meine Bartstoppeln schon so grau, mein Hautausschlag so schuppig, mein Hals so faltig und die Tränensäcke so sackig ... und wenn ich dann noch dabei lächle, sieht das irgendwie völlig bizarr aus.

Hätte ich jetzt noch einen Buckel, ich könnte direkt den nächsten Kirchturm besteigen und als jungfrauenraubender Quasimodo Karriere machen.

Ich entscheide mich dann für ein Bild, auf dem ich etwas romantisch-ernsthaft in die Ferne schaue, und ein Bild von der Lesebühne, das mich aus einiger Entfernung im Scheinwerferlicht zeigt, von unten nach oben, wobei das Mikrofon Teile meines Gesichts ganz gut verdeckt.

Weil ich auch nach zwei Jahren harter Arbeit am Singlestatus immer noch nicht weiß, was Frauen eigentlich hören, lesen, sehen wollen, probiere ich es mit Originalität.

Da die meisten Frauen laut ihrer Suche sich Männer mit Humor wünschen, die sie zum Lachen und Tanzen bringen, gebe ich natürlich vor, witzig zu sein und zu tanzen, natürlich ... 1,2,3 im Sauseschritt. Aber eigentlich ist es hier doch Keinem nach Lachen zumute! Und Tanzen liegt auf meiner Skala der beliebten Freizeitbeschäftigungen gerade mal knapp vor Bügeln, Ponyreiten und Selbstmord ... selbst Pickel ausquetschen mache ich da eigentlich lieber und gewiss besser.

Ich gebe also meine Statements ein, und um zu viele Kompromisse gleich auszuschließen, beende ich sie mit einem Satz von Ingeborg Bachmann: »Die Wahrheit ist dem Menschen zumutbar!«

Ich bin jetzt erstmal ganz zufrieden - und dann warte ich. Als sich nach 10 Minuten immer noch keine Frau bei mir gemeldet hat, bin ich frustriert und

checke meine Mails. Nach einer Stunde immer noch nichts. Nach zwei Tagen dann bekomme ich eine Mail von FINYA:
»Jetzt wird es spannend ... du hattest Besuch!«
Sofort logge ich mich ein. Nach zwei Tagen die erste Nachricht, dass sich überhaupt jemand mein Profil angeschaut hat. Es ist eine 53jährige Frau, die mich erkannt hat und fragt, ob ich jetzt über FINYA eine Kurzgeschichte schreiben will, und ob sie jetzt auch darin vorkommt.
»Scheiß Groupies ...«, denke ich, »niemand nimmt mich mehr ernst!«
Ich beschließe daraufhin, selbst aktiv zu werden. Ich gebe meine Suchkriterien ein, und wie immer öffnen sich daraufhin mehrere hundert verführerische Frauenprofile.
Und wie immer schaue ich mir die Bilder an, wähle unverantwortlich etwa 20 Favoritinnen aus, die ich als solche markiere, und schreibe los. Ich formuliere Komplimente (habe ich inzwischen auch gelernt, dass Frauen auf so was stehen ... egal, wie offensichtlich lügnerisch die sind) und gehe auf ihre Mottos und Lebensstile ein. Zeige Interesse an ihren Berufen und Sportarten und übernehme diese auch sogleich in mein Profil, um Gemeinsamkeiten vorzutäuschen. Wenn man sich erstmal in mich verliebt hat, ist es doch egal, ob ich lateinamerikanische Tänze zum Kotzen finde und Yoga nur gemacht habe, um mal wenigstens mal wieder in unmittelbarer Nähe den Schweißgeruch von Frauen einzuatmen.

Ich schreibe wirklich viel und geize nicht mit Sympathiebekundungen und Bemerkungen über die Bilder, etwa »dein Lächeln ist so hübsch, deine Augen strahlen ganz wundervoll, etc. ...«
Dann warte ich wieder. Es passiert nichts, außer ein paar Besuche von Frauen, die weit älter sind als ich und wohl davon ausgehen, dass ich mich 10 Jahre jünger gemacht habe, als ich auf dem Bild aussehe.
Ich ignoriere sie ebenso, wie ich ignoriert und meine wohlformulierten, literaturpreisverdächtigen Nachrichten werden. Ich gehe auf »gesendete Nachrichten« und finde alle, inzwischen zehn an der Zahl, noch ungelesen. Irgendwas mache ich falsch!
Und irgendetwas müssen andere Männer ja richtig machen ... ansonsten wäre das Ganze hier ja völlig sinnfrei und zwecklos.
Also beschließe ich, aus rein professionellem Interesse als Autor, mich als Frau anzumelden.
Ich wähle dazu das Bild einer normalen, durchschnittlich aussehenden 42jährigen Frau aus, das ich auf irgendeiner amerikanischen Versicherungs-Internetseite finde, wähle ein Pseudonym und gebe vor, geschieden zu sein und auf der Suche nach einer ernsthaften Beziehung und nicht interessiert an One Night Stands und anderen Sexkontakten.
Gebe mich also als die Art Frau aus, wie ich sie vielleicht auch anschreiben würde, stelle das Profil online und warte.
Nach fünf Minuten bekomme ich die ersten Zeichenbekundungen, Daumen hoch und Smileys, nach

zehn Minuten habe ich bereits zwölf Nachrichten in meiner Mailbox, und nach 30 Minuten logge ich mich schon wieder aus, denn mein Nachrichtenaccount läuft über.

Während mein eigener Posteingang als Mann weiterhin leer bleibt, nur eine angeschriebene Frau bemerkt, dass mein Geschreibsel viel zu lang wäre und sich sowas doch kein Mensch ausdenkt. Sie unterstellt mir ein Plagiat.

Irgendwann nachts öffne ich erneut mein neues Frauenprofil. Ich habe inzwischen 256 Nachrichten und mehr als 400 Likes.

Ich überlege mir, wie ich mich jetzt so als Frau fühle, oder fühlen soll. Egal. Ich bin hier als Mann und will doch nur wissen, was den anderen Männern so an kreativen Sätzen, Nachrichten und Statements einfällt, um Gehör zu finden.

Ich öffne die ersten Mails, die ich bekommen habe.

»Hallo...«. Nächste Nachricht: »Hallo I....« , »Hi...«

Dann nach fünf weiteren »Hallo's« die erste längere Nachricht: »Hallo I. du siehst echt hübsch aus... Lass uns mal einen Kaffee trinken gehen.«

»Hmmm«, denke ich.

Die nächste: »Hallo I. ich dachte, bevor sich die anderen hier auf dich stützen, wollte ich dir sagen, dass du echt hübsch aussiehst. Lass uns mal ein Bier oder Kaffee trinken. Liebe Grüße Bär56.«

Hmmm.

Nachricht 23: »Hi I. dein Bild ist echt sympathisch und hübsch. Lass uns mal...«

Ab hier lese ich nur noch Nachrichten, die länger als zwei Sätze sind, und beginne mit einer Strichliste der mir gemachten Komplimente.
Nur »Hallo« mit Smiley 101 mal, »hübsch« ...87 mal, »sympathisch« 76 mal, »Kaffee trinken« 69 mal...
Niemand schreibt ausführlicher. Ich sehe mir ein paar Profile an. Die Männer, die mich angeschrieben haben, sind zwischen 21 und 65 Jahre alt. 90 % meinen es ernst und sind auf der Suche nach einer festen Partnerschaft. Ich bekomme Mitleid mit ihnen und mit mir.
Was machen wir hier?
Hier trauen wir uns, Frau anzusprechen, anzuschreiben. Hier herrscht anscheinend keine Angst davor, einen Korb zu bekommen, denn alles bleibt ja irgendwie virtuell. Wir haben all unsere Hemmungen abgelegt, wir müssen niemandem dabei in die Augen schauen, wenn wir es wagen, einer Frau ein Kompliment zu machen.
Wir agieren und warten. Beliebig. Hauptsache Frau. Vergeblich, aber keiner kann behaupten, wir hätten es nicht versucht. Fühlen wir uns damit besser? Ich mich nicht.
Was sind wir alle für arme Schweine, denke ich - und ich mittendrin dabei. Und wie fühle ich mich als Frau dabei? Hier so viele Komplimente zu bekommen. Fühle ich mich danach wirklich so hübsch, wie es Hunderte von Männern mir gerade schreiben?
Ich glaube, wenn ich als Mann von 100 Frauen gesagt bekäme, wie hübsch ich sei, ich würde mich wie

Brad Pitt in seinen besten Jahren fühlen ... es ginge mir gut.

Und als Frau? Hier ist alles virtuell und abstrakt. Komplimente sind hier nichts anderes als digitale Zahlencodes. Wann habe ich das letzte Mal jemandem, der neben mir oder mir gegenüber saß gesagt, dass ich ihn hübsch finde? Einfach so, ohne Hintergedanken, welcher Art auch immer?

Es wäre auch in der Realität so leicht, sich einfach mal besser zu fühlen. Hübsch und nett! Das einer anonymen Person auf ein Bild im Internet zu schreiben, ist einfach nicht viel wert.

Jedenfalls nicht hier im Singlebörsennetz.

Ich schaue mir ein paar Männer-Profile an. Von Männern in meinem Alter, von unter 25Jährigen und von über 60Jährigen, da ich diese eigentlich in meiner »Suche« bereits definitiv ausgeschlossen habe.

Da steht nicht viel drin. Keine Anzeichen irgendwelcher Originalität. Keine Anhaltspunkt, warum sie gerade mich ausgewählt haben, als Frau. Es ist wahllos, wie mir scheint.

Erwarten die jetzt wirklich auch noch alle eine Antwort? Ich schalte den Rechner aus.

Am nächsten Tag über 30 Nachrichten von den Männern, deren Profil ich besucht habe. Einhellig der Satz: »Du hast dir mein Profil angesehen, wollen wir einen Kaffee trinken gehen? Du gefällst mir sehr gut!«

Was für eine winselnde, nach Liebe hungrige Meute, denke ich (als Mann und inzwischen auch als Frau).

Erbärmlich. Glauben die wirklich, mit diesem völlig unoriginellen virtuellen, witzlosen Angebaggere tatsächlich echtes Interesse zu erwecken und hoffen auf eine Erwiderung ihrer stereotypen Liebesbekundungen?
Ich bin kurz davor, mein Profil als Frau und als Mann zu löschen. Wie tief muss man noch sinken? Aber noch mal: Ich kann mir doch schlecht ein T-Shirt anziehen, auf dem steht: »Ich bin Single, sprich mich doch bitte nett an, wenn du mich hübsch findest!«
Ich beschließe, wenigstens als Frau weiterzumachen. So weiß ich immerhin, dass meine genialen Nachrichten von ausgehungerten Männern gelesen werden ... und ich komme meinem dunklen Lebensmotto wieder etwas näher: »In meiner schwarzen Seele, da steckt ein guter Kern, und wenn ich ihn recht quäle, dann ist er mir bald fern!«
Aber mit wem will ich hier virtuell in einen Dialog treten? Ich überfliege die Profile und beschließe, all den Männern zu antworten, die sicherlich hier noch nie eine Nachricht bekommen haben.
Männern, deren Profilbilder jeder Kategorie von auch nur annährend gutaussehend spotten. Portraitfotos, die soviel Ästhetik besitzen wie eine nicht geleerte Biomülltonne. Männer mit Plauzen, ungepflegtem Äußeren, die in gelangweilter Furzsesselhaltung vor dem Fernseher sitzen, dessen Licht ihre Gesichter in ein ungesundes Graublau färbt.
Oder eher die armen Typen, deren Eltern besser auf den darwinistischen Rat gehört hätten: »Er war häss-

lich. Sie war hässlich. Die ersten Kinder mussten sie wegschmeißen!«
Haben sie aber nicht, und nun wandeln sie unter uns, ausgehungerte, scheiße aussehende Nerd-Zombies. Aufgegeilt durch die Internet-Datingseiten und Webpornos hoffen sie, hier jemanden zu finden, oder wenigstens als Männer irgendwie wahrgenommen zu werden.
Männer, deren Lebensmotto, Beruf, Interessen und Hobbys sowas von uninteressant sind, dass selbst die Betrachtung eines Ziegelsteins mehr hergibt als das Profil dieser Typen.
Zwei von den angeschriebenen fünf völlig uninteressanten Männern antworten nicht. Ich glaube, sie sind für den Rest ihres Lebens glücklich oder einem Herzinfarkt erlegen. Ein Mensch weiblichen Geschlechts hat sie bemerkt. Einer sperrt mich gleich, obwohl ich ihm wirklich nett geschrieben habe, dass mich die Hobbys Filme schauen, Computerspiele und Regenspaziergänge sehr interessieren und er mir doch mehr von sich erzählen soll. Kaffee trinken wäre nicht ausgeschlossen.
Die beiden anderen wollen sich sofort mit mir treffen, langes Briefeschreiben wäre nicht so ihr Ding. Der eine würde mich gerne bei mir zuhause besuchen, da er zur Zeit noch bei seiner Mutter wohne, der andere will mit mir ins Kino. Ich dürfe mir den Film auch aussuchen. Ich habe viele böse Gedanken und Ideen, aber auch etwas Mitleid und schreibe dann beiden, dass sie bitte Geduld haben sollen.

Es beginnt mir Spaß zu machen. Ich schreibe einen 20jährigen an, was er denn von einer 43jährigen Frau so erwarte, und einen von den Typen, die sich neben ihrem protzigen Auto abgebildet haben frage ich, was er damit bezwecke, sich neben so einer spritfressenden Protzkarre fotografieren zu lassen, und frage mich als Frau, ob ich wirklich davon beeindruckt sein soll, dass sich da ein x-beliebiger Schnauzbarttyp mit einem Audi Q7 präsentiert? In was für einer Welt leben wir? Ich erspare mir, mich erneut über Penis- und Gehirngröße in Relation zur Offroader-Größe auszulassen (wer will, möge meinen Text darüber in Get Shorties 14 lesen!), aber der Vergleich bestätigt jedes Vorurteil, wenn man den Rest seines Profils dazu liest. Der Typ schreibt, dass er gerne eine blonde Frau mit langen Haaren zu 'ner Spritztour in seinem Q7 einlädt.
Klappt das?
Schnell bekomme ich Antworten:
Der 20jährige meint, dass es doch geil für mich sein müsste, mit ihm zu schlafen, verfüge er doch im Gegensatz zu Männern über 40 über viel Stehvermögen und einen Spitzenbody. Als Frau überlege ich mir, ob mich das beeindruckt. Ich glaube, mich zu erinnern, dass meine ersten Freundinnen, als ich zwanzig war, meist oder immer sehr unbefriedigt zurückblieben, bei dem grenzenlosen Narzissmus und der Selbstliebe, die 20jährigen Jungs eigen sind. Empathie und Selbstlosigkeit waren da kaum meine Stärken. ‚Schnell und hart' war mein Motto, und wer da nicht

mitzog, blieb auf der Strecke ... insbesondere meine unbefriedigten Freundinnen, wie ich heute weiß.
Als Mann Ende Vierzig finde ich diese Unterstellung unverschämt. Der hat ja keine Ahnung, was wir alles noch können, wenn auch mit etwas Pause und ein paar Anläufen, Viagra und überhaupt ...
Der Mann mit dem Auto überliest jede Ironie und Spott meiner Nachricht, meint, er würde mich gerne abholen zu einer gemeinsamen Spritztour... und danach könne man ja mal weitersehen, er kenne da ein sehr nettes Hotel im Schwarzwald.
Ja, das ist genauso ein erstes Rendezvous, von dem ich schon immer geträumt habe, mit so einem Arsch von Offroader-Fahrer mit verdunkelten Scheiben durch die Stadt rauschen und dabei Unheilig im Duett mit Helene Fischer hören, sodass die vor und hinter uns stehenden Autos durch die fetten Bässe in den Genuss eines unfreiwilligen Erbebens kommen, von der musikalischen Darbietung ganz abgesehen. Hätte meine Klospülung Stimmbänder, ich würde lieber sie singen lassen. Und danach dann Sex mit seinem Autoschlüssel, klein und dünn, in einem Hotelzimmer im Schwarzwald.
Ich schreibe ihm zurück. »Fick doch dein Auto!«
Sorry, aber das musste jetzt sein.
Dem 20jährigen schreibe ich, dass er Quantität mit Qualität verwechsle und ein kleiner behaarter Bierbauch bei mir eher auf Solidarität stößt als ein Sixpack. Für die beiden Begriffe Quantität und Solidarität schicke ich ihm die Wikipedia-Definition mit, es

ist ja nie zu spät, der Jugend noch etwas beizubringen.
In was für einer Welt leben wir, frage ich mich mal wieder. Tagtäglich begegnen wir Menschen im Auto auf der Straße, in Bus und Bahn, im Einkaufsladen, im Cafe, im Beruf, bei Lesungen ... wir funktionieren miteinander, verlassen uns auf gewisse Ordnungen, aber wenn man dann genauer hinschaut: ABGRÜNDE - und diese virtuelle Welt ist der Ort, wo man all dies ungeniert und anonym auslebt.
Ich – als Frau – lösche alle bisher eingegangenen Nachrichten und schreibe in mein Profil, dass ich nur noch Nachrichten lese, die länger als fünf Sätze sind. In den ersten drei Mails, die ich bekomme, steht »Hallo«.
Es ist aussichtslos.
Ich ersetze mein weibliches Profilbild mit einem dicken gelben lächelnden Smiley und als Motto schreibe ich: »Hallo :)«
Jetzt warte ich wieder auf den Zufall ... oder höre auf Volkers Rat, das mit der organisierten virtuellen Partnerschaftssuche zu lassen und mal wieder in den Nahkampf zu gehen.
Nahkampf: Früher war damit ein Kampf auf Leben und Tod mit Faust oder Messer gemeint, heute versteht jeder, dass es um die Anbahnung einer Liebesbeziehung geht. Komische Zeiten sind das.

DER GUTE SCHNARCHT
CAROLIN M. HAFEN

Letztens, zu Silvester, da hat der Gute zu viel gesoffen und ich zu wenig. Er lag früh morgens komatös in der Mitte des Hotelbetts, während ich im fensterlosen Bad Schlaf suchte. Ich lag zusammengerollt wie eine Katze auf dem Boden der barrierefreien Dusche, die Zipfel des Kopfkissens in den Ohren, vor Zorn schnaubend. Ich nahm mir fest vor, sobald ich wieder nüchtern bin und mich halbwegs koordiniert bewegen kann, ihn grausam und gewalttätig umzubringen. Früher hat er nicht geschnarcht. Früher waren überhaupt viele Dinge besser.
Tagsüber ist die Liebe groß und allumfassend und da will ich ihn ... Also da will ich ihn meistens auch umbringen, nur nicht ganz so dringend.
Und damit das klar ist: Ich bin ja wohl hinreißend, an mir gibt es nichts auszusetzen. Das sagen mir andere Leute auch voll oft.
Jedenfalls. Tagsüber schafft es der Gute ohne Probleme, die Küche zu finden, er bringt Teller, Tassen, Gläser, Chipstüten und seine schmutzigen Socken alle dorthin. Komischerweise schafft es aber kein Gegenstand IN die Spülmaschine, IN den Kühlschrank oder IN den Mülleimer. Diese Socken kann man nicht waschen. Es geht nicht. Ich hab Putzhandschuhe angezogen, diese Dinger angefasst und in die Maschine geworfen. Zwei Umdrehungen später spuckte unsere Waschmaschine die Socken wieder aus.

Bei mir bekommt alles einen Namen. Das Auto, alle technischen Geräte, meine Blumen, selbst die Spinnen, die bei uns durchs Wohnzimmer krabbeln. Mein Auto heißt Blue Bell, mein Smartphone Harry, dem Grünzeug gebe ich Namen wie Wendula, weil es so schön klingt, und Spinnen sehen für mich alle gleich aus, die heißen immer Egon. (Der Gute heißt auch nur deshalb Guter, weil ich in der Öffentlichkeit nicht Pummeleinhorn zu ihm sagen darf.)
Die Waschmaschine nenne ich Kurti. Kurti spuckte die Socken aus und auf dem Display stand schlicht: »Nö!« und ein zorniger Smiley. Ich hab das fotografiert und getwittert. Das ist wahr.
Ich kaufe also regelmäßig Socken für den Guten. Im Eimer. Da sind 16 Paar drin. Komischerweise fällt ihm immer in der Küche ein, dass er jetzt keine Socken mehr tragen will, und dann zieht der die aus und wirft sie in den Müll. Bio. Neulich hat die Müllabfuhr unsere Tonne stehen lassen und einen Zettel dran befestigt:
Das ist Sondermüll. Das nehmen wir nicht mit!
Ich lebe also mit all diesen Dingen, die er so tut. Mit den Gerüchen, die er produziert. Und den Geräuschen. Man gewöhnt sich ja an so manches. Aber jetzt schnarcht er auch noch.
Zuerst habe ich eine Operation vorgeschlagen.
»Ich kann auf keinen Fall in ein Krankenhaus gehen!«
Der Gute hatte noch nie etwas Schlimmeres als einen Männerschnupfen. Wobei das ja schon sehr drama-

tisch ist. Er hatte noch nie eine Platzwunde, keinen gebrochenen Arm, keinen Abszess, keine Verstauchung, keine Kopfverletzungen (keine, die er zugeben würde). Nüscht. Bis jetzt ließ sich jedes seiner Auas von seiner Mutter behandeln, mit Spucke und einem Taschentuch.

»Im Krankenhaus laufen nur Neandertaler herum, die ihr Studium online abgeschlossen haben und Polypen mit einer handelsüblichen Küchenschere entfernen. Ich hab da mal eine Reportage gesehen«, sagte er.

Ich habe also diverse Dinge ausprobiert. Nase zuhalten, zum Beispiel. Er schnappt dann nach Luft wie ein Fisch auf dem Trockenen, wacht auf, und mault mich anschließend zehn Minuten lang an, was für ein mieser Egoist ich sei, und dass er seinen Schönheitsschlaf brauchen würde. Also habe ich ihn nachts angebufft. Erst an der Schulter, dann habe ich ihm meinen Zeigefinger in die Wange gebohrt, dann denn Ellenbogen in die Rippen. Erst wenn ich ein Stück Seife in eine seiner Socken stecke und ihm damit auf den Wanst haue, dreht er sich brummelnd um. Morgens beklagt er sich dann: »Ich fühle mich wie ein geprügelter Hund. War irgendwas, bin ich aus dem Bett gefallen?«

Eine Freundin gab mir dann den Tipp: »Leg ihm die Hand auf die Körpermitte. Das wirkt Wunder.« Gesagt, getan.

Das Risiko, dass er davon wach wird, ist Fifty Fifty. Der Nachteil dieser Methode ist, wenn er wach wird,

also oben und unten, muss ich mich um ihn kümmern. Wir sind ja jung und leidenschaftlich und auf die zehn Minuten kommt es dann auch nicht mehr an. Hinterher schläft er selig und geräuschlos.
Aber dann machte der Gute so ein Geräusch. Eins, von dem er dachte, dass er es macht, wenn er schläft. Das klang aber so, als ob ein schlechter Schauspieler ein Schnarchen imitiert, wenn er für »Gute Zeiten, schlechte Zeiten« arbeitet.
Etwa so: Schnarch pfeif.
Ich fragte ihn also, im Dunkeln unseres Schlafzimmers: »Was machst du da?«
Und er antwortete, sehr aufgeräumt und nüchtern: »Ich schnarche.«
Vor vielen Jahren habe ich mich in ihn verliebt, unter anderem deshalb, weil Falschheit und Lügen ihm völlig fremd sind. Wenn ich ihn frage, wenn er heimkommt: »Wie viel hast du denn getrunken?« Ich frage das nur aus Neugier und nicht, um mit ihm zu schimpfen. Dann sagt er für gewöhnlich sowas wie: »Acht Weizen.«
Er hat einen Flaschenöffner aus Holz, da ist im Griff ein Bierzähler drin. Jedes Mal, wenn er sich also ein neues Bier bestellt, schiebt er die kleine rote Holzkugel ein Feld weiter. So weiß er, was er am Ende zahlen muss. Er traut Bierdeckeln nicht, keine Ahnung warum. Ich kann also leicht überprüfen, ob das stimmt, was er sagt. Jeder andere Mann würde wohl nuscheln, »drei« und den Bierzähler erst gar nicht herzeigen.

Mein Guter sagt das, ohne Arroganz oder Argwohn.
»Acht Weizen.« Und rülpst dann.
Ich fragte ihn also: »Täuscht du gerade ein Schnarchen vor?«
»Ja.«
Zwischen uns entstand eine kleine Pause.
»Und, funktioniert's?«, fragte er. »Ich hab nichts an, das spart uns Zeit.«
Ich bin dann wieder mal ins Arbeitszimmer umgezogen. Wenn beide dem anderen etwas vormachen, kann man es auch sein lassen.
Es gibt da diesen Witz, den mein Vater mir über die Jahre hinweg mehrfach erzählt hat. Manchmal lacht er dabei, manchmal weint er, hin und wieder wird er ganz hysterisch. Er schafft das auch alles zusammen. Doch, das geht.
Ein Mann sitzt mitten in der Nacht in der Küche und weint leise vor sich hin. Seine Frau wacht auf, hört ihn und tappt zu ihm in die Küche.
»Schatzi, was ist denn los?«
»Weißt du noch, damals, als wir in meinem Auto auf der Rückbank gevögelt haben?«, fragt er.
»Natürlich!«, sagt sie.
»Weißt du noch, wie dein Vater uns erwischt hat?«
»Ja.«
»Und gebrüllt hat: Du heiratest meine Tochter oder du kriegst 20 Jahre Zuchthaus!«
»Ja.«
»Heute«, schluchzt der Mann, »wäre ich entlassen worden.«

Der Gute und ich, wir sind so scheiße erwachsen geworden. Früher, da ist er losgezogen mit dem Computer unter dem Arm, seinem Kabelgedöns in einer Plastik-Einkaufskiste und hat sich in die winzige Studentenbude irgendeines Freundes gezwängt, um dort zu zocken. Da saßen sie dann, die Jungs, alle Computer aneinander geschlossen wie eine wilde, dreckige Orgie. Sie schossen aufeinander und soffen Red Bull, um wach zu bleiben. Oder Bier und Cola-Weizen. Diejenigen, die die Nacht nicht durchhielten, schliefen auf Luftmatratzen im Flur. Das klingt erst mal nach viel Platz. Dort stapelten sich aber die Bierkästen und Klamotten und Leitz-Ordner, wenn man dort auf dem Boden lag, war gerade genug Platz für zwei nebeneinander. Dann musste die Bruderliebe groß sein, weil der eine die Haustür im Rücken hatte, der andere die Wohnzimmertür. Mit den Köpfen lagen sie schon im Bad, die Tür ließ sich nicht mehr schließen und ihre Beine konnten sie nicht ganz ausstrecken, weil die Bierkästen und die Uni-Unterlagen in der Garderobe liegend das verhinderten. Und die Luft war erfüllt von herben Bierfürzen. Dort haben sie totenähnlich geschlafen, nämlich still.
Heute geht der Gute nicht mehr auf Zockerpartys. Heute geht er auf Geschäftsreisen. Weil wir nämlich so scheiße erwachsen geworden sind. Es gibt inzwischen einige Messehotels, die sich weigern, ihn als Gast aufzunehmen, weil es zu viele Beschwerden wegen der Lärmbelästigung gab. Seit sich auch andere über ihn beschweren, will er abnehmen. Das hat

unser Hausarzt auch vorgeschlagen. Der Mann hat selber einen Fürstenberg-Spoiler und spricht immer in Wir-Form.

Er sagte zum Guten: »Wir sollten etwas abnehmen. Das Problem mit dem Schnarchen wird dann besser.«

Ein besseres Problem, muss man sich mal vorstellen. Da muss ich jetzt mitziehen und mich gesund ernähren, weil er meint, es wird Zeit, an die Zukunft zu denken. Schließlich wollen wir ja miteinander alt werden. Ich dachte dabei an 30. Das ist doch alt, das reicht. Das habe ich auch hingekriegt. Ohne große Verluste. Und er denkt an 40. Ohne Herzinfarkt, der Spießer. Wir werden also nicht älter, wir werden gesünder.

Um fair zu sein: Ein kleiner Nerd ist er ja immer noch. Er sammelt alles von Star Wars UND Lego. Das überschneidet sich oft. Der Gute besitzt den Sternenzerstörer. Das Ding steht im Arbeitszimmer auf dem Regal: einen Meter fünfundzwanzig lang, 3152 Teile umfangreich, hässlich wie eine durchsoffene Nacht morgens um fünf. An einem Montag.

Ich hab ihm gesagt, wenn da ein Fitzelchen Staub drauf ist, würde ich mich drum kümmern.

Er hat das sofort verstanden. Ihnen muss ich die Gedankenkette kurz erklären. Vielleicht kennen Sie das, wenn Sie Kinder haben. Wenn man Lego abstaubt, Figuren, Häusle und Bagger aller Art, dann gibt es Kollateralschäden. Teile verschwinden im Staubtuch. Teile fallen zu Boden. Und wenn ich dann mit

dem Staubsauger komme, ist alles unaufgeräumte, auf dem Boden liegende weg. Ich bin ehrgeizig und überzeugt davon, auf die Art 3152 Teile abtragen zu können. Das ist nicht gemein. Das ist Territorialverhalten. Auf dem Schränkchen würde, wenn der Platz endlich frei wäre, ein Carpe Diem aus weißen Holzbuchstaben unheimlich hübsch aussehen. Ich hab die Buchstaben schon gekauft.
Ich sagte also zu ihm: »Wenn dem Ding was passiert, weil Staubmagnet, dann ist das zwar tragisch, aber eben Schicksal.«
Natürlich ist der Sternenzerstörer keimfrei, staubfrei und makellos. Alles, was er in der Küche nicht schafft, gelingt ihm im Arbeitszimmer mit seinen Lego-Gebilden. Alles sauber, alles aufgeräumt. Ich hab mal mit voller Absicht eine Antenne abgebrochen. Jetzt weiß ich, die Teile kann man einzeln nachkaufen. Online. Nachts sitze ich davor und grüble, was ich dem Scheißding antun könnte, während der Gute im Schlafzimmer den Amazonas abholzt.
Ich habe ihm einen Nasenklipp gekauft, in der Apotheke, das Scheißteil war so teuer wie der Sternenzerstörer von Lego. Und ich habe ihm auch eine Schnarch-Uhr gekauft. Die reagiert auf Dezibel, und sobald er 65 Dezibel überschreitet, gibt die Uhr einen Strom-Impuls ab. In einer perfekten Welt würde sich der Gute daraufhin umdrehen und das Schnarchen einstellen. Ich kenne genug Nerds - einer von ihnen hat den »Impuls« erhöht, und der Gute hat sich hinterher beschwert, ich hätte aus dem Ding einen Defi-

brillator gebaut und versucht, ihn umzubringen. Ich habe das nicht abgestritten und wieder einige Nächte im Arbeitszimmer geschlafen. Dort lag ich dann, wutschnaubend, und habe über seine Studentenzeit nachgedacht. Wie er im Flur geschlafen hat, während die anderen Jungs in der Schlaf-Wohnzimmer-Küche saßen und gezockt haben. Ich bin dann rüber und hab ihn mit der Nase-Zu-Methode geweckt. Ich hab ihm dann ganz sachlich und vernünftig auseinandergesetzt, dass ich finde, er müsse im Arbeitszimmer schlafen und nicht ich. Weil er ja schnarcht, deshalb soll er es ungemütlich haben. Ich hab auch nur ganz wenig geschrien bei der Unterredung. Wirklich. Ich habe ihm eine Luftmatratze ins Arbeitszimmer gelegt. Mit ein paar Legosteinen drunter von seinem Sternenzerstörer. Inzwischen hat er eingesehen, dass man von Schlafentzug ganz blödsinnig wird.

Nun habe ich eine Methode entdeckt, die endlich funktioniert. Ich ziehe ihm die Bettdecke weg. Dann friert er, grabbelt verschlafen danach und dreht sich endlich um. Und hört, oh Wunder, auf zu schnarchen. Das ist fies, ich weiß.

Neulich beim Frühstück meinte er: »Du, ich hab gar keine blauen Flecken mehr, wenn ich morgens aufwache.« Er tätschelte liebevoll sein Bäuchlein. »Ich glaube, ich habe abgenommen. Meinst du nicht auch?«

Ich habe dann schnell von meinem viel zu heißen Kaffee getrunken und mir übel die Lippe verbrannt und deswegen konnte ich nicht antworten.

Carolin M. Hafen

»Werd' endlich erwachsen«

ISBN 978-3-9814278-8-2

140 Seiten, broschiert, 8 €

Diese Live-Doppel-CD hat es in sich.
Fünf Stunden Lesebühnen-Hörvergnügen.

ISBN 978-3-9817651-0-6
300 Minuten, 10 €

Alle Bücher und CDs bei Lesungen oder im Shop
unter www.maringoverlag.de

Rainer Bauck erzählt Stories aus dem wahren Leben. Zum Glück ist es nicht immer sein eigenes.

176 Seiten, broschiert, 8 €

ISBN 978-3-9817651-4-4